AFRIKA WUNDERHORN

Reihe für zeitgenössische afrikanische Literatur
Herausgegeben von Indra Wussow

FSC www.fsc.org
MIX
Papier aus verantwortungsvollen Quellen
FSC® C006655

Rohrbacher Straße 18, D-69115 Heidelberg
www.wunderhorn.de

Gestaltung & Satz: philotypen/Dortmund
Druck: NINO Druck GmbH, Neustadt/Weinstraße
ISBN: 978-3-88423-690-1 12, 19, 32, 103, 105, 106, 107
109

AYA CISSOKO

KEIN KIND VON NICHTS UND NIEMAND

AUS DEM FRANZÖSISCHEN
VON BEATE THILL

AFRIKAWUNDERHORN

„Sie ist aber sehr schwarz!“ Das sagte die Frau knapp und ohne Einleitung, als sie mich zum ersten Mal sah. Nicht zu bestreiten, meine Haut ist „sehr schwarz“, das hatte sie richtig bemerkt. Ich stand mit ihrem Sohn in der Tür, da musterte sie mich mit einem methodischen Blick, von Kopf bis Fuß und wieder zurück. Während wir ihr dann durch die Halle in das Wohnzimmer folgten, wandte sie sich plötzlich zu ihrem großen Jungen um und teilte das Resultat der Inspektion mit: „Sie ist aber sehr schwarz!“ Ich versuchte ein Lächeln und dachte, dass mir dieses Essen zum Kennenlernen wohl lang werden würde. Ich schloss aus der Bemerkung auch, dass die Dame einen scharfen Blick hatte, was in unserer Zeit immerhin ungewöhnlich ist. So viele sind heute farbenblind ... Jedenfalls hatte sie Glück, dass ich ihr nichts entgegnete. Nicht weil mir die Worte fehlten, sondern weil meine Mutter mich gut erzogen hat. Respektiere die Älteren! „Wenn dir nichts Nettes über die Lippen kommen würde, halt lieber den Mund!“ Das war eher eine Warnung als ein Rat, und mich streng daran zu halten, fiel mir oft schwer genug. Der Schuss vor den Bug war für den

Anlass vielleicht ungewöhnlich, aber nicht wirklich überraschend. Diese bemerkenswerte Frau – im Verlauf meiner Beziehung zu ihrem Sohn sollte ich das erfahren – war weder die Erste noch die Letzte, die sich, nur wegen meiner Hautfarbe, einen Kommentar zu meinem Äußeren herausnahm.

Das Problem liegt ganz woanders! In Frankreich ist meine schwarze Hautfarbe politisch! Mein Körper ist politisch. Meine Existenz als Schwarze Frau ist politisch. Mein Recht auf Leben als Schwarze ist politisch. Mein Status als Schwarze Frau, die aus der Arbeiterklasse stammt, ist politisch. Mein Recht, selbst zu überlegen und zu entscheiden, was für mich gut ist, ist politisch. Das Politische bestimmt die Bedingungen meines Daseins … Aber bevor ich zu dieser Erkenntnis kam, musste ich mir erst darüber bewusst werden, dass ich schwarz bin.

Es fing früh an. Ein Kind zu sein ist kein Schutz! Das erste Anzeichen, dass etwas mit mir nicht stimmte, war eine plötzlich aufkommende Scham. Gegen diese frühe Verunsicherung half nur: eine Weiße zu werden! Die Scham setzte sich arglistig in mir fest. Zuerst schämte ich mich wegen meiner Mutter, Massiré Dansira. Mein Vater Sagui Cissoko starb zu früh, als dass ich ihm irgendetwas hätte vorhalten können. Zum Ausgleich für seine Abwesenheit galt ihm, und nicht meiner Mutter, meine nie nachlassende Liebe. Die Scham nistete sich dauerhaft ein, als ich zu dem Schluss kam, dass Massiré Dansira nicht gut genug, nicht normal sei. Meine Mutter gehörte nicht zu den „Anderen." Die „Anderen", das waren die Weißen. Sie sprachen fehlerfrei Französisch, sie waren gekleidet, wie es sich gehörte, und kümmerten sich in besonderer Weise um ihre Sprösslinge. Ich verriet mein Lager und entschied mich für das der Anderen. Ich wollte sein wie sie. Bei ihnen war offenbar alles viel leichter, alles schien in Ordnung, am rechten Platz zu sein. Zu meiner Entlastung kann ich vorbringen, dass die Schule mich seit frühster Kindheit so erzogen hat. Wenn ich zu diesen Anderen gehören wollte, das hatte Frankreich mich gelehrt, musste ich mich assimilieren und dabei mein eigenes Lager verraten. Frankreich brachte mich dazu, dass ich mich wegen meiner Mutter schämte. Ich hatte nur sie zum Vergleich. In ihrer Person konzentrierten sich alle unsere Mängel. Sie war nicht weiß und hatte nur ihre Arbeitskraft zu verkaufen. Eine aus der Notwendigkeit heraus gefügige, schweigsame Frau, solange man ihr nicht den Respekt verweigerte.

Massiré Dansira musste das auf sich nehmen, damit es uns einmal besser ginge. Ich trage heute noch den Schmerz, meine Mutter zu wenig geliebt zu haben und nicht so, wie es sie verdient hätte, mit einer bedingungslosen Liebe, die nicht rechnet. Die Schuldgefühle bleiben, auch noch lange nach ihrem Tod. Meine Mutter hat sich ihr ganzes Leben abgerackert, damit es uns an nichts fehlte. Sie betete auch häufig zu Gott, dass wir anständige Menschen werden sollten. Nur bei ihrer Würde machte sie keine Kompromisse. Nach einiger Zeit beginne ich jetzt, das zu verstehen. Massiré Dansira war kein Kind von Nichts und Niemand. Massiré Dansira war jemand. Und du, meine Tochter, bist auch Teil dieser Geschichte. Dieses Buch ist wohl das letzte Stück meiner Familienchronik. Es bildet gewissermaßen den Abschluss der langen, gefahrenreichen Initiationsreise, die ich unternommen habe.

Zusammen mit meinen früheren Büchern *Danbé* und *Ma* ergibt dieses Buch ein Triptychon, um dir zu zeigen, dass du ebenfalls jemand bist. *Dɔnniya* bedeutet in der Sprache der Bambara das Wissen von der eigenen Geschichte, *ɣɛrɛdɔn* das Wissen vom eigenen Selbst.

Mit vielen eindringlichen Bitten versuchte Massiré Dansira mich davon zu überzeugen, dass ich selbst Mutter werden sollte. Aber ich wollte kein Kind. Um sie zu schonen, redete ich mit ihr nicht darüber. Ich konnte mir schlicht nicht vorstellen, dass aus meinem Bauch ein neues Leben hervorgehen würde. Wozu sollte das gut sein? Weshalb? Warum sollte ich einen Menschen in diese raue Welt setzen, wo jeder Sieg mit einem bitteren Kampf errungen werden musste, egal, wie sehr man sich angestrengt und wie viele Demütigungen man zuvor erlitten hat. Ein Kind zu wollen war eine schlechte Idee! Bis dahin hatte ich meine Kräfte dafür eingesetzt, selbst zu überleben und gleichzeitig dem Wahnsinn zu widerstehen … Der Wahnsinn erschien als eine verlockende Zuflucht, um mir die Realität vom Leib zu halten … In diesem Lebenskampf waren die Pausen nur kurz – genau so lang wie man brauchte, um wieder Atem zu schöpfen, bevor er weiterging. Warum sollte ich mich also mit einem Kind und der Verantwortung dafür belasten? Das würde mich nur am Weiterkommen hindern. Du musst eine andere Kriegsführung wählen, wenn du für jemand zu sorgen hast: Du brauchst einen Rückzugsraum für zwei. Mutter zu werden war ein Quell vieler zusätzlicher Schwierigkeiten. Ein Kind zu wollen war eine schlechte Idee!

Ich hielt Massiré Dansira hin, bis ich plötzlich einen starken Kinderwunsch spürte, ohne dass es mir bewusst war. Dein Vater und ich beschlossen, ein Kind zu bekommen, und bald darauf war ich schwanger. Zu behaupten, dass ich die Schwangerschaft voll ausgelebt hätte, wäre eine Lüge. Ganz im Gegenteil. Mehrere Monate vergingen, in denen ich so tat, als wäre nichts. Du bist brav in meinem Bauch gewachsen. Dann aber, nach mehr als fünf Monaten friedlichen Zusammenlebens, suchte ich die Notaufnahme einer Geburtsklinik auf. Ich musste mich vergewissern, dass dein Herz noch schlug, denn du hattest nicht auf meine nächtlichen Stimulierungen reagiert.

In der letzten Zeit hatte ich mir angewöhnt, meinen Bauch an verschiedenen Stellen mit recht festem Griff abzutasten, bis du dich bewegtest und damit eine Reaktion zeigtest. Wenn der Kontakt hergestellt war, konnte ich mich, einstweilen beruhigt, wieder dem Schlaf hingeben.

Man kann von Glück reden, dass du auf der Welt bist. Es war ein harter Kampf mit meinem Körper, bis er endlich bereit war, dir einen Durchgang zu gewähren. Er bemühte sich wohl, die Zeit hinauszuzögern, um dich noch ein wenig vor dieser Welt zu schützen. Die Frauen sprechen zu selten davon, wie schwer Geburten sein können, und dass es manchmal Zeit braucht, bis die Mutter für ihr Kind Liebe empfinden kann. Nachdem du aus meinem Bauch gekommen warst, brauchte ich noch eine Weile, bis ich dir meine bedingungslose Liebe schenkte. Vielleicht aus Angst, dich zu früh zu verlieren? War es die Folge meiner Familiengeschichte, wo der Tod sich nie um den normalen Gang der Dinge kümmerte? Massiré Dansira pflegte zu sagen: „Du wirst schon sehen, wenn du ein Kind hast!“ Ich lerne jeden Tag ein wenig mehr, was es heißt, Mutter zu sein. Und ich lebe in ständiger Sorge um dich. Massiré Dansira sagte auch: „Man setzt ein Kind in die Welt, damit es jemand wird!“ Jemand zu sein, heißt in diesem Spruch nicht, dass unbedeutende Menschen zu Vorbildern werden, nur weil sie materiellen Reichtum angehäuft haben.

Hier geht es um Würde. Ohne Würde wird man kein anständiger Mensch.

Die Würde ist das einzige, was den Menschen bleibt, die in der Hierarchie, die von einer kleinen Gruppe festgesetzt wird, ein Nichts sind und nichts besitzen. Diese wenigen können leicht von Würde sprechen, denn ihr Anstand wurde noch nie auf die Probe gestellt. Wenn der Zugang zum Ruhm käuflich ist und man dafür keine echten Verdienste braucht, sind Auszeichnungen meist eine Sache von Seilschaften. Die Medaillen werden mit einem Klaps auf die Schulter überreicht, als Dank für erwiesene Dienste, oder in der Erwartung, selbst bald weiter nach oben befördert zu werden. Leute, die nur befehlen und mäkeln, die nur Gewalt ausüben und beleidigen, zeigen darin nicht nur ihre Arroganz, sondern auch ihre Unwissenheit. Diese Leute haben nicht die geringste Ahnung, welchen Preis man bezahlen muss, um seine Würde zu bewahren. Ein früher Tod war bei deiner Großmutter wohl der Lohn dafür, dass sie sich in Frankreich stets ihre Ehre bewahrt hat … Du darfst die Kämpfe der Deinen, die vor dir gelebt haben, nie vergessen, denn es hieße, sie zu verraten. „Unsere Opfer sind nicht sinnlos, unsere Schmerzen sind nicht nutzlos!“, das hat Massiré Dansira immerzu wiederholt. Du gehörst in eine Linie von Frauen, die in der Not ihre Stärke bewiesen.

Euer Zusammensein dauerte genau ein Jahr. Massiré Dansira starb am Abend vor deinem ersten Geburtstag. Der Tod war so gnädig, sich anzukündigen, sie hatte noch Zeit, ihre Angelegenheiten zu ordnen und mit dir ein Gespräch zu führen, dessen Inhalt ich nicht kenne. Anschließend gab sie dich wieder in meine Arme und schickte mich hinaus. Es war ihre Form der Tradierung an die nächste Generation. Bei dieser letzten Unterredung gab dir die alte Dame wohl den Schutz vor einem schweren Leben wie auch den Segen dafür mit, dass du ein anständiger Mensch wirst. Doch ohne deine Geschichte bist du wie eine leere Schale. Massiré Dansira pflegte zu mir zu sagen: „Du bist kein Kind von Nichts und Niemand!“ Dasselbe sage ich jetzt auch zu dir: „Du bist kein Kind von Nichts und Niemand!“

Die Pflicht der Weitergabe wurde meiner Mutter nicht leicht gemacht. In diesem Land war Massiré Dansira nichts wert. In Mali, wo sie geboren war, hatte Frankreich Ende der 1880er Jahre mit der Kolonisierung und Zivilisierung des Landes begonnen. Die Kultur der Bambara, die meine Mutter uns vorlebte, war schon seit langer Zeit von den Kolonisatoren geschwächt worden. Die Sieger hatten die Geschichte umgeschrieben und alles daran gesetzt, diese Kultur abzuwerten, um in der Folge die Autorität deiner Großmutter zu untergraben, damit man ihren Kindern die andere Kultur leichter aufdrängen konnte.

Aber für Massiré kam damals und auch später eine Kapitulation nicht in Frage. Jeder Gedanke, dass sie ihre Kinder aus der Hand geben könnte, war für sie völlig ausgeschlossen. Unvorstellbar, dass ihre Kinder in der Ablehnung dessen aufwachsen könnten, was sie waren. „Vergiss nicht, du bist schwarz!“ Ihr blieb nichts übrig, als die Ärmel hochzukrempeln. Geduld und Hartnäckigkeit waren ihre besten Verbündeten, um das große Unheil abzuwenden. Massiré Dansira rühmte uns gegenüber unermüdlich den Stolz auf ihre Herkunft und das Erbe der Bambara, von denen wir abstammen.

Auch du sollst lernen, dass sich in dir verschiedene Geschichten vereinigen. Die Generation deiner Großeltern hat auf der mütterlichen Seite den Kolonialismus und auf der väterlichen Seite den Holocaust erlebt. Beide Seiten in deiner Ahnenreihe haben Demütigung und willkürlichen Mord erfahren müssen. Du bist auf der Welt dank der Resilienz deiner Ursprungsfamilien in ihrem Widerstand gegen die Entmenschlichung, gegen Vernichtung und Ausrottung. Du bist die würdige Erbin der Bambarakriegerinnen, die der Schande und der Niederlage immer den Tod vorziehen. Damit setze ich ein Sprichwort der Bambara in die weibliche Form, das eigentlich von den Männern spricht: „Die Bambara sind tapfere Krieger, die der Schande und der Niederlage immer den Tod vorziehen.“ Indem der Mut der Männer gerühmt wird, wird die Leistung der Mütter, Schwestern und Ehefrauen verschwiegen, die doch die Probleme des Alltags bewältigten. Der Gebrauch des Verbs „vorziehen" passt in dem Sinnspruch ebenfalls nicht. Niemand entscheidet sich freiwillig für die Plackerei. Das Leben ließ den Frauen kaum eine Wahl, sie standen immer an der Front und blieben namenlos. Deine Großmutter musste sich ständig auf neue Situationen einstellen und das Dringlichste erledigen. Die Hauptsache aber ist, und daran musst du immer denken, du bist kein Kind von Nichts und Niemand. Du gehörst zu einer Linie, auf die du stolz sein kannst[1]. In deiner Geschichte verbinden sich Frankreich und Mali.

Die Lage der Frauen war immer gleich, von Frau zu Frau und von Mutter zu Tochter. Daher war Massiré Dansira darauf vorbereitet, ein schwieriges Leben zu führen, wenn es sein musste. Der Begriff *Munuli* in Bambara bildet die Basis einer Erziehung, in der jedes der Prinzipien gleich wichtig ist: Geduld, Ausdauer, Hartnäckigkeit und Durchhalten unter widrigen Umständen. „*I muni!*"–„Halte durch!" Eine häufige Anweisung an die Truppen, aus Furcht, eine Schwäche könnte ihren Zusammenhalt gefährden. „*I muni*!" Die Anweisung an die Frauen wirkt wie ein

1 Ich wähle den Zusatz „auf die du stolz sein kannst", da in dem Begriff der „filiation", deutsch Stammlinie oder Ahnenreihe auch im Französisch der Diaspora der Stolz der afrikanischen Ahnentradition mitschwingt. Anm. B.T.

Talisman, um Hindernisse im gesamten Lebenslauf zu überwinden. Denn die Prüfungen sind zahlreich und sie kommen ohne Vorwarnung, wie eine Explosion, die nur Verwüstung hinterlässt. Doch du darfst dich nicht damit aufhalten! Es bleibt keine Zeit, um die Wunden zu pflastern. Wie gewöhnlich musst du sofort wieder aufstehen und dich in die Marschordnung einreihen, du hast nicht einmal Zeit herauszufinden, warum das schlimme Ereignis eingetreten ist. Immer neu anfangen, von heute bis zum nächsten Tag, und dann wieder zum nächsten. Der Blick wird ernster, aber der Rücken ist kaum gebeugt, denn der äußere Anschein ist wichtig, um die Folgen des Schicksals abzuwehren. Diese Frauen schreiten in ihre Würde gehüllt durchs Leben, denn die Männer lachen, wenn sie ihre Armut oder ihr Unglück ausbreiten. Seinen Schmerz zur Schau zu stellen, stört die Ruhe der anderen. Diese Frauen erkennt man an ihrer Unbeugsamkeit und Selbstverleugnung. Die Männer loben gern ihren Mut und stellen sie als Vorbilder hin, aber nur, wenn sie sich weiter abrackern ohne aufzumucken. „*I muni*! Halte durch!“

Massiré Dansiras Schicksal in Frankreich ist politisch. Am 3. Juli 1974, in Krisenzeiten, werfen sich ein paar Herren in die Brust und vereinbaren, die Grenzen zu schließen und damit für eine ununterscheidbare Masse dunkelhäutiger Körper die Träume von einem Eldorado zu beenden. Mitten in der Sommerpause erklärt das französische Regierungskabinett offiziell die Immigration aus den ehemaligen Kolonien für beendet. Die dienstwillige, billige Arbeitskraft, die nützlich war, um Frankreich nach dem Krieg wieder aufzubauen, wird in Notzeiten zu einer Last.

Das Gesetz wurde unter Präsident Giscard d'Estaing und mit Chirac als Regierungschef angenommen. Aber das war noch nicht genug! Die Mächtigen mussten zeigen, dass sie die Ereignisse und die Situation im Griff hatten. Sie gaben ihrer weißen Bevölkerung weitere Beweise, indem sie dem Leben der Anderen Vorrang vor dem unseren gaben. Auf unserem Rücken wurde die Einheit der Nation besiegelt, damit die kleine Gruppe von ihr profitieren konnte. In den Reden der Politiker waren die Dunkelhäutigen Fremde, die den Franzosen das Brot wegnahmen. Sie waren der innere Feind, dessen Zahl man kontrollieren musste, um eine Invasion zu verhindern. Die Verteidigung der nationalen Interessen, vor allem aber die der kleinen Gruppe, bekam den Vorzug vor allem anderen.

Doch die Verschärfung der Einwanderungspolitik scheiterte. Die nicht erledigte Arbeit staute sich auf, denn die Einheimischen wollten sie immer noch nicht übernehmen. Außerdem drängte die Aussicht auf eine weitere Verschärfung der Gesetzgebung die Migranten dazu, ihre Ehefrauen im Rahmen der „Familienzusammenführung" nach Frankreich zu holen. Dieses

Prinzip sicherte jedem Zugewanderten das Recht auf eine Familie: Ehegatten und ihre minderjährigen Kinder durften fortan zusammenleben. Das oberste französische Verwaltungsgericht (*Conseil d'État*) erkannte das Prinzip 1978 an und 1993 wurde es auch in der Verfassung verankert. Das Recht auf Familienzusammenführung ist ebenfalls vom Artikel 8 der Europäischen Konvention geschützt, der die Achtung vor dem Privat- und Familienleben garantiert. Dennoch behauptet die kleine Gruppe an der Macht zu wissen, wer schuld ist an den Problemen, nämlich die Einwanderer. Fortan dienten sie als Sündenböcke für jene in der Bevölkerung, die ohne Schuldzuweisung an andere ihre eigenen Frustrationen nicht ertragen können.

Der Arme hat sein Schicksal nie in der Hand. Die Armut bestimmt den Lebensweg der Mittellosen, er führt sie dorthin, wo eine bessere Zukunft leuchtet. Sehr viele Schicksale erzählen von dem Glauben an ein besseres Leben und dem Aufbruch in ein Schlaraffenland. „Die Armut hat uns zum Weggehen gezwungen", sagte Massiré Dansira. Durch ihre Armut sind die Verdammten dieser Erde den Mächtigen ausgeliefert. Mein Vater Sagui Cissoko gehört zu der Masse, die sich ins Abenteuer stürzt. Er kommt Mitte der 1960er Jahre in Frankreich an, kehrt dann Mitte der 1970er Jahre nach Mali zurück, um meine Mutter zu heiraten. Er migriert erneut, seine junge Frau bleibt zurück. Aber das Exil, Synonym für Einsamkeit und Plackerei, ist hart und tut weh. Niemand verlässt gerne Heimat und Familie. Unter diesen Umständen beschließt mein Vater, meine Mutter nachkommen zu lassen. Er will sie bei sich in Frankreich haben.

Massiré Dansira hat Frankreich nie geliebt. Der Weggang wird ihr Mitte der 1970er Jahre aufgezwungen, ohne dass sie ein Wort mitreden darf. Sie ist noch nicht ganz sechzehn, als Sagui Cissoko seinen Clan brieflich anweist, das Nötige zu unternehmen, damit sie kommt. Als deine Großmutter davon erfährt, muckt sie nicht auf, zeigt keinen Widerstand: Es ist der Gang der Dinge. „Du musst machen und Schluß!" Meine Mutter blieb noch eine Weile in der Hauptstadt Bamako, um die Papiere zu beschaffen, die sie für ihre Ausreise nach Paris benötigte. Unter Mithilfe des zuständigen Beamten änderte sie ihr Alter von fünfzehn in achtzehn Jahre und konnte damit ein Visum beantragen. So kam es, dass meine Mutter offiziell im Jahr 1955 geboren ist. Am 1. Januar 1955, denn die französische Verwaltung weist allen Zuwanderern willkürlich den ersten Tag des Jahres zu, wenn sie in einer Zeit auf die Welt kamen, als die Geburtsregister in ihren Herkunftsländern noch nicht oder nur lückenhaft existierten. Mit einem Reisepass und einem Visum in der Tasche trifft Massiré Dansira im unbekannten Land ein. Sie betritt den französischen Boden Mitte der 1970er Jahre an einem Winternachmittag, nur mit einem Boubou bekleidet und mit Flipflops an den Füßen.

Woher man kommt bleibt unvergesslich. Das Dorf Kakoro Mountan in Mali ist Massiré Dansiras verlorenes Paradies. Ihre Leute führen dort ein karges Leben, sie ernähren sich von dem Boden, den sie tief gebückt und mit einfachsten Mitteln bearbeiten. Aussaat und Ernten bestimmen die Einteilung des Jahres. Massiré Dansira müht sich von Sonnenaufgang bis -untergang, sie eifert den Älteren nach und hält sich streng an die Regeln, die in der Gemeinschaft gelten. Jeder an seinem Platz! Deine Großmutter pflegte zu betonen, dass sie zu einer Familie armer Bauern gehörte, dass es aber nie an Nahrung fehlte. Das war allerdings noch vor der Zeit, als die Männer zuerst das Dorf für die Stadt und später für den Westen verließen.

Das Einleben in Frankreich fällt Massiré Dansira nicht leicht. Sie leidet unter der Einsamkeit, lebt in ständiger Anspannung wegen der zahllosen Hindernisse auf ihrem Weg: Sie hört eine Sprache, die sie nicht kennt und von der sie nichts versteht, sie muss mit den Straßen und Wohnblocks einer Umwelt aus Beton vertraut werden, sie muss sich an fremde Geräusche, an das Zusammenleben mit Fremden gewöhnen. *Munuli* – Durchhalten wird zur ständigen Pflicht. Wie zu Beginn wird sie sich auch später immer über die Konstruktion der westlichen Gesellschaft wundern, sie kann nicht begreifen, dass das Individuum über die Gemeinschaft gestellt wird. Der Weiße zerstört vorsätzlich und mit Erfolg die Basis, die eine lebenswerte Gesellschaft ausmacht: an die anderen zu denken. Dieser Glaube der Weißen kann zu nichts Gutem führen!

Wer seine Würde bewahren will, muss einen hohen Preis zahlen, sie wird schon angegriffen, wenn man noch am Anfang des Lebens steht. In diesem Land ist unsere Würde schweren Anfechtungen ausgesetzt. Ein Kind zu sein ist kein Schutz! Über unseren Köpfen schwebt das diffuse Gefühl einer Bedrohung. Diese Unsicherheit schwingt auch im Ernst der Worte mit, die Sagui Cissoko an uns richtet. Er warnt uns vor überall lauernden Gefahren. In unserem Mietshaus im 20. Arrondissement von Paris wohnen fast nur Zugewanderte. Unverheiratete Männer und ein paar Familien. Die Miete wird dem Vermieter bar in die Hand gezahlt. Ein Weißes Paar ist die einzige Ausnahme unter all den Dunkelhäutigen, es wohnt in der obersten Etage unseres siebenstöckigen Gebäudes ohne Aufzug. Wir leben in der Einzimmerwohnung darunter. Mein Vater schärft uns ein: „Geht da nicht hin! Sie mögen uns nicht!“ Ich erinnere mich nur undeutlich, wie die beiden immer etwas zu flüstern hatten, wenn wir ihnen begegneten, und hinter unserem Rücken Bemerkungen machten. Mir egal! Ich schere mich noch nicht um die Welt der Erwachsenen. Aber die Warnungen meines Vaters mit ihrer großen Eindringlichkeit hören nicht auf, sie klingen genau wie später bei Massiré Dansira: „Wir sind keine Weißen! Wir sind nicht wie sie. Ihr müsst euch vor ihnen hüten. Passt gut auf euch auf!“ Der Weiße steht zugleich für Autorität und für Willkür. Er hat die Macht, uns das Leben noch schwerer zu machen, als es ohnehin ist.

In Anwesenheit von Weißen werden sogar die Mutigsten unserer Familie nervös. Für den Artisten wird es schwierig, das Gleichgewicht zu halten, wenn der Körper nicht mitspielt ... Aber wie soll man sich benehmen, wenn die Hand, die Demütigungen austeilt, dir auch zu Essen gibt? Wenn dein Rest an Würde in den Händen des Weißen liegt? Sagui Cissoko versucht, die fragwürdige Autorität zu erschüttern. Er wird fristlos entlassen! Dem Vorarbeiter bei Renault, wo er mit der Matrikelnummer 149621 arbeitet, gefällt es nicht, dass dieser junge Schwarze seine Anweisungen diskutieren will. Er muss jeden Widerstand von Anfang an brechen, denn bei diesen Männern zählt nur der Körper mit seiner Arbeitskraft, ihr übriges Leben ist nichts wert. Um ihre Unterwürfigkeit zu beweisen, sollen sie das „Oui, monsieur!“ am besten noch betonen. Es gibt genügend Willige, die nichts dagegen haben, eine freigewordene Stelle einzunehmen. Frankreich machte die Schwarzen zu austauschbaren Körpern in einer Masse. So kam es, dass dein Großvater unter dem Namen eines anderen arbeitete. Sein ältester Bruder lieh ihm seine Ausweispapiere. Nach einer Zeit des Schuftens pflegte ein anderer aus der Familie den Platz in Frankreich einzunehmen und umgekehrt, damit der Geldfluss nie abriss. Dein Großvater stirbt mit der Identität seines Bruders. Sagui Cissoko ist in Frankreich unter dem Namen Karounga Cissoko beerdigt.

Unwissenheit ist in diesem Land keine Entschuldigung. Sie kommt vielmehr erschwerend hinzu, wenn du in der Hierarchie der Männer nichts giltst. Sie macht jede Hoffnung auf Veränderung zunichte und setzt dich vielen Gefahren aus, abgesehen davon, dass man dich beliebig ausbeuten kann. Massiré Dansira musste dies am eigenen Leib erfahren. Ich war häufig Zeugin der Situationen, in denen sie gedemütigt wurde. Meine früheste Erinnerung ist ein Termin im Amt. Um diesen Termin wahrzunehmen, fuhr deine Großmutter zum ersten Mal ohne die Begleitung eines anderen Erwachsenen mit der Metro. Sie musste persönlich vorsprechen, damit eine Beihilfe weiterlief, die wir für unser tägliches Überleben dringend brauchten. Deine Großmutter trug deine Tante auf dem Rücken und wir, dein Onkel und ich, gingen neben ihr her. Da wir noch nicht lesen gelernt hatten, konnten wir ihr nicht helfen, sich in dem unterirdischen Labyrinth zurechtzufinden. Mein Bruder war etwa sechs und ich fünf Jahr alt. Oder waren wir am Ende noch jünger? Analphabetismus zwingt dazu, sich irgendwie durchzuschlagen. Unsere Mutter wandte sich an mehr oder weniger hilfsbereite andere Passagiere mit einem Stück Papier, auf dem die Adresse des Termins stand. Die Expedition wurde noch komplizierter, als sie einem Kontrolleur über den Weg lief. Sie sollte die Fahrkarten vorzeigen. Sie hielt ihm ein oder mehrere gelbe Tickets hin. Es gab offenbar ein Problem. Der Mann begann in einer Sprache auf sie einzureden, die sie nicht verstand. Wir übersetzten so gut wir es zu jener Zeit konnten. Wir waren in Paris geboren und das Lernen der französischen Sprache fiel uns nicht schwer, ebensowenig wie das Erlernen der Anfangsgründe der Bambarasprache: auf der Straße Französisch, zu Hause Bambara. Der Uniformierte redete nun mit einem triumphierenden Lächeln weiter auf sie ein. Massiré Dansira war verärgert. Mein Blick ging vom einen zum anderen. Am Ende gab ihr der Mann einen Strafzettel. Sie war in mehreren Punkten geschlagen. Sie würde Geld ausgeben müssen, das sie nicht hatte. Doch in diesem Moment stand das Finanzielle nicht im Vordergrund. Meine Mutter ertrug es nicht, in der Öffentlichkeit gedemütigt zu werden. Sie konnte nicht zulassen, dass ihre Autorität vor ihren Kindern beschädigt wurde. Ein weiteres Mal erkannte sie, dass jeder Kontakt mit der Außenwelt eine Gefahr darstellte. Deine Großmutter durfte sich keine Fehler erlauben.

Nach der Auseinandersetzung verlief die Rückfahrt in Schweigen. Wir Kinder wussten, dass wir besser still waren, damit die Wut sich nicht auf uns entlud. Die Erwachsenen wissen oft nicht, wie sie mit den Angriffen umgehen sollen, die sie zu Opfern machen und ihrem Selbstwertgefühl einen Schlag versetzen. Die Figur des Weißen ist viel zu bedrohlich, die möglichen Folgen sind zu schwerwiegend, als dass sie sich offen gegen ihn auflehnen könnten. Dennoch müssen sie die Last auf irgendeine Weise loswerden. Gegen wen soll man diese Gefühle richten, wenn nicht gegen sich selbst oder gegen die Schutzbefohlenen? Oder aber man klammert sich an die Heimat, wo man etwas gilt. Massiré Dansira war kein Kind von Nichts und Niemand. Sie gehörte einer Linie und einer Geschichte an, auf die sie stolz sein konnte. Sie war jemand!

Solche kränkenden Erfahrungen sollten sich bei anderen Gelegenheiten wiederholen. Die Begegnungen mit gewissen Behördenvertretern lieferten dafür zahlreiche Beispiele. Ich begleitete meine Mutter häufig zu solchen Gängen, widerwillig und in der klar definierten Rolle der Übersetzerin. Am Schalter erlebten wir regelmäßig die Herablassung der Angestellten, die uns beide duzten und in einem „*petit nègre*" ansprachen. Die Aufforderungen oder Zurechtweisungen waren immer die gleichen: „Sie, geben Papier!“, „Sie, warten hier!“ „Sie, nicht verstehen?“ Und als ob das nicht genügte, mussten wir auch noch ihre Ungeduld oder Verzweiflung über uns ergehen lassen, denn sie genierten sich nicht, diese deutlich zu zeigen. Dabei wurden sie für ihre Anwesenheit bezahlt und nicht etwa nach Stückzahl oder im Akkord. Deine Großmutter verlangte, dass ich ihr stets alles wiederholte, sie wollte wissen, worum es ging. Anweisungen, die wir häufig hören mussten wie: „Los, los, beeilen Sie sich!“, kümmerten sie nicht. Meine Mutter konnte nicht lesen und schreiben, aber trotzdem war sie nicht dumm, sie war sehr lebenstüchtig, man musste ihr nur die Dinge erklären.

Ich versuchte mich häufig von Massiré Dansira abzugrenzen. Mehr als einmal stellte ich mich auf die Seite des Angreifers. Ich schämte mich wegen meiner Mutter. Ich wollte nicht mit ihr verwechselt werden. Ich wollte nicht mit ihr gesehen werden. Daher habe ich meine Mutter eine Zeitlang zu wenig geliebt. Denn ich wusste anfangs nicht, dass ich schwarz bin. Zumindest wehrte ich mich hartnäckig dagegen, diese Realität zu akzeptieren und versuchte vergeblich zu ignorieren, wie sich meine Hautfarbe auf mich auswirkte. Zu meiner Entlastung kann ich vorbringen, dass mein Alltag mich darin bestärkte. Ich hatte gemeinsam mit den Anderen die Schule besucht, hatte mit ihnen gegessen und gespielt, ich hatte sogar mit einigen geschlafen und mit einem von ihnen bekam ich später dich.

Dass Massiré Dansira weder in Mali noch in Frankreich in die Schule gegangen war, machte ihren Alltag natürlich noch komplizierter. Meine Mutter konnte weder Lesen noch Schreiben, dennoch war sie sehr lebenstüchtig. Mit ihrem hervorragenden Gedächtnis erwarb sie sich neue Fähigkeiten, so dass sie schließlich zu einem Höchstmaß an Autonomie gelangte und damit problematische Begegnungen vermied. Mit ihrem Budget bis auf den letzten Cent auszukommen bis zum nächsten Lohn, die wichtigsten Fahrstrecken mit der Metro im Kopf zu behalten, die Etiketten zu entziffern, um ihre Arbeit als Dialysehelferin zu erledigen oder ihre Medikamente pünktlich einzunehmen ... Massiré Dansira versuchte einige Male, ihrem Analphabetismus abzuhelfen, indem sie sich in Kurse einschrieb, die in ihrem Viertel angeboten wurden. Aber die dringenden Aufgaben des Alltags gewannen jedesmal die Oberhand. In Frankreich gibt es andere Prioritäten, wie etwa die Miete zu bezahlen, die hungrigen Mäuler zu füttern, Steuern zu zahlen oder das wenige gesparte Geld denen zu schicken, die in der Heimat geblieben sind. Deine Großmutter war zu erschöpft, um sich noch mit weiteren Anforderungen zu belasten.

Putzfrau ist ein undankbarer Beruf. Du putzt bei Unbekannten und Zuhause machst du dann in der eigenen Wohnung weiter. Es ist immer das gleiche. Die Arbeit endet nie … Deine Großmutter hat sich fast ihr ganzes Leben gebückt, um die kleinste Spur zu beseitigen, die Unbekannte hinterlassen hatten. Sie verdiente sehr wenig, auch wenn sie zeitweise mehrere Stellen annahm. Massiré Dansira gehörte zu dem Heer der unsichtbaren Arbeiterinnen, die Ihren Dreck wegputzen, bevor Sie kommen, und dann wieder, wenn Sie weg sind. Lange Zeit war sie wütend auf die Schmutzfinke, bis sie die Ursache herausfand. Die den Dreck machen verdrängen, dass jemand hinter ihnen her putzt, um sich unbeschwert wie Schweine aufführen zu können. Sie hat fast ihr ganzes Leben beim Putzen auf die Schmutzfinke geschimpft. Meine Mutter musste sich das antun, damit es ihren Kindern einmal besser ginge.

Das Einhalten gewisser Grundregeln ersparte Massiré Dansira zusätzliche Schwierigkeiten. Die wichtigste dieser Regeln war, an ihrem Platz zu bleiben. Eine schweigsame Arbeiterin, die sich mit ihrem Los begnügt und dankbar gegenüber dem Land zeigt, das ihr ein anständiges Leben ermöglichte. Deine Großmutter machte, was sein musste. Das war der Preis für die Würde, auch wenn ihr Körper sich im Laufe der Jahre verbrauchte und keiner sie anerkannte. Frankreich beachtet dich nicht, wenn du „ein Nichts bist“. Man will nur deinen Körper weiter ausbeuten. Massiré erschien harmlos, aber sie leistete

Widerstand. Sie ballte die Fäuste und biss die Zähne zusammen. „Wer wird es für uns machen? Du musst machen und Schluss!“

Die Leute an den Schalthebeln der Welt sehen nicht aus wie wir. Sagui Cissokos und Massiré Dansiras Lebenswege tragen zur offiziellen Erzählung nicht viel bei. In den Geschichtsbüchern wird man nur in Ansätzen etwas darüber finden, was sie für Frankreich geleistet haben. So stellt sich der Sänger Rocé mit dem Lied *Tenir debout* die Frage: „Wo sind unsere Geschichten? Über uns weiß man nichts. Völker ohne Gedächtnis werden verrückt. Wir verlieren die Hoffnung, spüren nur Frust. Mit dem Messer an der Kehle müssen wir aufrecht stehn [...] Die Ketten sind zerrissen, damit wir es nicht mehr wissen. Wir sollen vergessen, dass unsere Ahnen Sklaven sind.“ Über ihre Lebenswege hören und sehen wir nichts. Die Gesichter werden sorgfältig aus der kollektiven Erzählung gelöscht. Die Darstellung der Kolonialtruppen als angeblich weiße Einheiten (*blanchiment*)[2]

2 Nachdem die sogenannten Senegalesischen Schützen (*tirailleurs sénégalais*) während des 2. Weltkriegs bei der Vertreibung deutscher Truppen aus Afrika und der Befreiung Frankreichs an der ersten Frontlinie gekämpft hatten, wurden sie in den letzten Monaten dieses Krieges nach Afrika repatriiert und durch weiße Rekruten ersetzt, also „weiß gemacht“ (frz. *blanchiment*). Auf diese Weise wurden sie um ihre Verdienste im Kampf gebracht, abgesehen davon, dass sie keine Anerkennung und keine Belohnung erhielten. Anm. B.T.

setzt sich bei den afrikanischen Immigranten fort. Zugleich werden sie gebraucht, um die Vorstellung von der Größe des Landes aufrechtzuhalten und die Weißen in dem Phantasma ihrer Überlegenheit zu bestätigen. Herrschaft wird stets auf dem Rücken von anderen errichtet. Dieser Andere hat mein Äußeres, sein Körper ist wie der meiner Eltern. Das Gastland liebt die schillernden Farben der Boubous von Massiré Dansira, den Weihrauchduft, den sie verströmt, das erinnert an ferne Länder. Frankreich liebt den Exotismus deiner Großmutter, aber das Übrige ist nicht von Bedeutung: Kein Interesse! Die Vorstellung von Heldenfiguren so zu erweitern, dass andere und vor allem diverse Geschichten in die offizielle Erzählung aufgenommen werden, ist das mindeste, was unter diesen Umständen verändert werden muss. Sagui Cissoko und Massiré Dansira haben geholfen, dieses Landes aufzubauen.

Die Wut ist die letzte Zuflucht für jene, die nichts gelten. Deine Großmutter äußert ihre Wut nicht sofort. Aber ihre Wut lässt in einem dumpfen Knistern zunächst ihre Muskeln erzittern, der ganze Körper wird steif, das Gesicht verzieht sich zu einem schmerzlichen, bitteren Ausdruck. Nach dem Zwist mit dem Kontrolleur hielt die Wut bei Massiré Dansira noch lange an und sie sprach später häufig über diese Szene. An dem Tag selbst mischte sich ein starkes Gefühl der Demütigung in die Wut. Einem Unbekannten ausgeliefert zu sein, das ertrug sie nicht. Die Gefahr konnte immer wieder auftauchen und ihrem Selbstbewusstsein einen fatalen Schlag versetzen. Meine Mutter litt ihr Leben lang unter der Verachtung und der Arroganz der Weißen.

Die Wut ist die instinktive, unmittelbare Reaktion auf Ungerechtigkeit. Die Wut geht dem Handeln voraus. Ohne Wut kommt es nie zur Aktion, nie zu einer Veränderung. Die Wut kann auch zur Resignation führen und eine Generation gibt sie an die nächste weiter. Sie ist eine Zuflucht für jene, die nichts besitzen in einer Welt, die von einer kleinen Gruppe für sie selbst eingerichtet ist. Wie soll man ohne sie auskommen, wenn man in der Hierarchie der Männer ein Nichts ist? Massiré Dansira war wütend und ich bin es auch. „Unsere Opfer sind nicht sinnlos! Unsere Schmerzen sind nicht nutzlos!" Der Stachel dieser Wut sitzt so tief, dass Worte und Taten ihn nicht aus dem Fleisch ziehen können. Es ist fast unmöglich, sich völlig von ihr zu befreien. Bei mir musste es so weit kommen, dass mein Körper streikte, bis ich mir meiner Wut bewusst wurde und sie hinterfragte. Bis ich mir die Zeit nahm, dem Übel auf den Grund zu gehen …

Da waren die vielen Toten, ich werde noch auf sie zu sprechen kommen. Aber meine Trauer um sie reicht nicht aus zur Begründung für meine Wut. Sie nährte sich auch daran, dass ich keinen Ausweg finden konnte. Man kann unmöglich das ganze Leben kämpfen, ohne einen Waffenstillstand zu erreichen. Selbst der tapferste Krieger muss einmal die Waffen ruhen lassen. Dieses Land gönnt unserem *nicht-weißen* Körper jedoch wenig Ruhepausen. Es liebt festgefügte Hierarchien. Ein Kind zu sein ist kein Schutz! Von Beginn an sind die Schicksale festgeschrieben und die Institutionen wachen darüber, dass diese Ordnung eingehalten wird. Deine Großmutter wusste, dass ihre mittellosen, dunkelhäutigen Kinder, die das neue Proletariat bilden, in Frankreich keine Beachtung finden würden. Doch in der Familie waren die Aufgaben klar verteilt. Es ist nicht möglich, an mehreren Fronten zu kämpfen, wenn es an Munition fehlt. Ihr oblag es, für unsere Grundbedürfnisse zu sorgen, wir sollten uns selbst durchschlagen, um anständige Menschen zu werden. „Werdet jemand!" pflegte sie zu uns zu sagen.

Meine Wut ist berechtigt. Die Härte des Alltags nährt sie weiter. Meine Wut begleitet mich ständig und findet keinen Ausweg. Keinen Ausgleich. Sie ist berechtigt wegen des hohen Preises, den wir auf der menschlichen Ebene zahlen müssen. Auch der Schmerz, meine Mutter zu wenig geliebt zu haben, erklärt sie. Dass ich mich ständig vorsichtig ausdrücken muss, um diese Wut zu begründen, ist anstrengend und steigert sie noch. Meine Wut ist berechtigt, sie ist die Antwort auf die Institutionen, die uns ständig glauben machen, wir selbst allein seien für unsere Situation verantwortlich. Meine Wut ist die Antwort darauf, dass dieses Land uns einseitig den Krieg erklärt hat. Es ist ein Krieg ohne echten erkennbaren Feind, ein versteckter, ein Abnutzungskrieg. Wir unterliegen der Willkür eines Staates, der mit Hilfe seiner Institutionen alles daransetzt, uns das Leben noch schwerer zu machen, als es ohnehin ist. Unseren Gestaltungsraum immer noch mehr einzuengen. Meine Wut ist berechtigt, weil wir der Willkür eines Landes unterworfen sind, das nie auf uns vertraut hat und nichts von uns erwartet. Wenn wir aber scheitern, dient dies als Rechtfertigung, dass wir erneut schwer körperlich arbeiten müssen, also wieder zu Körpern werden, die man von Generation zu Generation ausbeutet. Ein Kind zu sein ist kein Schutz!

Die Abwertungsmaschine setzt schon früh ein, um die bestehende soziale Ordnung zu schützen und um künftige Hierarchien zu rechtfertigen. Anders ausgedrückt, um den Status quo festzuschreiben. Meine Wut ist gerechtfertigt, denn Frankreich zwingt uns, einen Krieg zu führen, um zu überleben und unsere Würde nicht zu verlieren. Auch in diesem Land geboren zu sein, ist kein Schutz vor der rassistischen Willkür. Auch ein Universitätsstudium schützt nicht davor. Die Klasse löscht die Rasse nicht aus! Meine schwarze Hautfarbe liefert mich der rassistischen Willkür aus! Bis vor kurzem war ich überzeugt, dass nur die Würde mein Rückgrat sei. Aber auch meine Wut hilft, mich aufrecht zu halten.

„Die Armut hat uns erschöpft!", sagte deine Großmutter. Das ist nicht zu leugnen! Aber sie allein erklärt nicht den frühen Tod von Sagui Cissoko, Massou Cissoko, Moussa Cissoko und Massiré Dansira. Der Satz „Eben Pech gehabt!" gilt auch nicht für unseren Fall. Die rassische Zuschreibung spielt hingegen bei unseren vergangenen und gegenwärtigen Erfahrungen die wichtigste Rolle. „Vergiss nicht, du bist schwarz!" Als biologische Tatsache existiert die Rasse nicht, und doch ist man gezwungen, den Begriff der Rasse zur Erklärung heranzuziehen. „Ich bin die Rasse, die der Andere von sich ausgehend und nach seinem Willen konstruiert hat", schreibt der Schriftsteller und Professor für deutsche Sprache und Literaturwissenschaft, El Hadji Ibrahima Diop.[3] Der Schwarze ist eine Konstruktion des Weißen. Die Auffassung von Weißen und Schwarzen Menschen entsteht historisch gleichzeitig, um die Herrschaft des Einen über den Anderen zu rechtfertigen. Den Begriff der Rasse abzuschaffen, bringt nicht die Erfahrungen derjenigen zum Verschwinden, die ganz real unter dessen Auswirkungen zu leiden haben. Die Rasse existiert nicht, aber sie

3 El Hadji Ibrahima Diop: „Corporéité et race: l'histoire abrégée d'une construction et de ses fonctions usuelles." *Topiques,* No 137, 2016. Übersetzung des Zitats nach dem französischen Original; B.T.

tötet! Sagui Cissoko und Massou Cissoko wurden in der Nacht vom 27. auf den 28. November 1986 ermordet. Die Täter hatten in unserem Wohnhaus in der Rue Tlemcen, im 20. Arrondissement von Paris, Feuer gelegt. Unter den Toten waren drei Erwachsene und fünf Kinder. Zu ihnen gehörten dein Großvater und deine Tante Massou Cissoko. Nicht einmal ein Jahr später, am 30. Oktober 1987, starb dein Onkel Moussa Cissoko, während deine Großmutter ihn auf ihrem Rücken trug. Er war vier Jahre alt und starb, weil die Hirnhautentzündung, an der er litt, falsch diagnostiziert wurde. Dabei war unsere Mutter mit ihm am Vortag in der Kindernotaufnahme gewesen. Eine Schachtel Aspirin sollte ihn wieder gesund machen. In beiden Fällen fand man keinen Schuldigen.

Massiré Dansira starb viel zu früh, denn der Kampf darum, seine Würde nicht zu verlieren, zehrt an den Kräften. Sie hatte fast zehn Jahre vor Gericht streiten müssen, bis ein Richter sie als Opfer der Brandstiftung anerkannte, bei der sie ihren Mann und ihre Tochter verloren hatte. Massiré Dansira ist viel zu früh gestorben, weil sie trotz einer Niereninsuffizienz arbeiten musste, damit es deinem Onkel und mir an nichts fehlte. Sie ist viel zu früh gestorben, weil sie sich immerzu um die beiden Kinder sorgte, die ihr geblieben waren. Aber unsere Toten waren nicht Kinder von Nichts und Niemand! Unsere Toten waren

Teil einer Geschichte, einer Ahnenreihe, auf die sie stolz sein konnten. Sie waren Menschen.

Unsere Familiengeschichte in Frankreich ist erbarmungslos, schwindelerregend, einschüchternd. In dieser Geschichte konzentriert sich der ganze strukturelle und systemische Rassismus dieses Landes. Mir wurde das Ausmaß erst spät bewusst. Wenn das Unglück dich umgibt, fragst du erstmal nicht, warum dieses oder jenes Ereignis eingetreten ist, sondern versuchst, von Tag zu Tag weiterzuleben. Und dich nicht als Opfer zu fühlen. Die Aufforderung, unter den Schicksalsschlägen nicht zusammenzubrechen, kam zuallererst von Massiré Dansira: „Du musst machen und Schluss!“ Auch die Gesellschaft forderte uns auf, die Ereignisse nicht zu hinterfragen, doch aus anderen Gründen. Der Staat, vermittelt über seine Institutionen, hatte großes Interesse, dass wir auf den Opferstatus verzichteten. Denn ein Opfer, von dem man nicht weiß, wie es geschädigt wurde, kann keinen Schadensersatz geltend machen. Es gibt keine Akte, keinen Verantwortlichen, kein Schmerzensgeld: Der Schuldige bleibt straflos. Nichts ändert sich. Aber wir waren wirklich Opfer! In einem solchen Fall muss man diesen Status einklagen und ihn auf sich nehmen. Dies ist auch meine Antwort auf Leute, die die Worte verdrehen: Ja, wir sind Opfer! Wir sind vor allem die Opfer dieses Systems, das den Schuldigen Straflosigkeit bietet, indem es die Betroffenen zu einem endlosen Kampf um diesen Status zwingt. Fast zehn Jahre dauerte es, bis die Gerichtsbarkeit uns als Opfer einer kriminellen Brandstiftung anerkannte. Lange Jahre waren wir in einen endlosen Prozess verwickelt, unsere Stimmung hing in dieser Zeit von Entscheidungen ab, die immer anders lauteten. Der Prozess musste mit einem Bankkredit bezahlt werden, denn Gerechtigkeit ist teuer, die Beratung kostet Geld, ebenso wie die Gutachter und ihre Expertisen. Hinzu kam die Übersetzung von Dokumenten, die eigentlich nicht für Kinderaugen bestimmt waren, aber wegen Massiré Dansiras Analphabetismus mussten wir einspringen. Opfer zu sein ist keine Schande! Es ist die Voraussetzung dafür, dass du in deinen Rechten anerkannt wirst, insbesondere wenn es um das Recht auf physische und psychische Unversehrtheit geht. Mit diesem Status bestätigt man sich als Bürger und, das ist die Hauptsache, man bestätigt sein uneingeschränktes Menschenrecht.

In Frankreich sind nicht alle Leben gleich viel wert. Dieses Land will, dass wir am Rande bleiben. Wir wachsen am Rand der Gesellschaft auf. Wir entwickeln unsere Fähigkeiten am Rande. Wegen seiner diskriminierenden Aufteilung des Raums stellt uns Frankreich gewissermaßen unter Hausarrest. Nach dem Mord an deinem Großvater und deiner Tante im Feuer wurde uns eine HLM-Sozialwohnung zugewiesen, die wenig mehr als einen Kilometer von der Brandstätte entfernt war. Hauptsache, die Witwe kann die Miete bezahlen! Alles andere ist für die Behörden nicht von Bedeutung. Ausgerechnet an einem Ort, an dem sich das Elend derer konzentrierte, die nichts oder fast nichts besitzen. Fast alle Weißen waren weggezogen, sobald sie Mittel und Wege fanden, um sich nicht unter uns mischen zu müssen. Später sollten die Anderen dann zurückkommen und den Raum gentrifizieren, den sie eigentlich uns überlassen hatten.

Ein düsterer Ort. Eine Festung, in die selbst das Licht sich nicht hineintraut, weil es gefangen werden könnte. Eine Aufreihung von roten Backsteinhäusern, so eng gestellt wie die Gitter vor den Fenstern. Die Hoffnungslosigkeit hinterlässt bei den Bewohnern ihre Spuren. Bevor sie den eigenen Körper schädigen, vergreifen sie sich lieber am Gebäude. Sie schlagen die Holztüren am Zugang zu den Stockwerken heraus oder werfen sie um, sie zerschlagen den Großteil der Beleuchtungen in den Treppenhäusern und Fluren, sie schreiben die Wände mit ihrem Frust und ihrer Unterdrückung voll. „Ich vögel dich!" „Fick die Bullen!" Andere oder die gleichen erbrechen, urinieren und kacken auf den Ort ihrer Gefangenschaft. Am Ende kehren manche die Wut gegen sich selbst, indem sie den Rest ihres klaren Verstandes abtöten. Sie spritzen sich Heroin. Es ist gegen Ende der 1980er Jahre. Die Droge verlangt viele Todesopfer. Kinder sterben an der Front, bevor sie den Feind kennengelernt haben. Sie gehörten zu den „Großen" in der Cité. Große Brüder und Schwestern starben in einem namenlosen Krieg. Es ist zu wenig die Rede von dem Unglück, das Heroin in unsere Viertel und unsere Familien gebracht hat. Ein Kind zu sein ist kein Schutz! Wir lasen die Spritzen auf, die überall herumlagen, auf den Trottoirs oder in den Treppenhäusern, und brachten sie dem Hauswart, der sein Sammelgefäß damit füllte. Tote oder halbtote Gestalten gingen im Viertel um. Sie verfolgten uns, sie jagten uns Angst ein.

Die Gestalten konnten ganz plötzlich auftauchen, irgendwann, irgendwo. Eines der Gespenster, doch die Frau scheint noch sehr lebendig, tapert im Treppenhaus herum. Ich bin starr vor Schreck, als sie nach einer im Eiltempo genommenen Kurve auf meinem Weg nach oben plötzlich vor mir steht. Ich muss noch zwei Etagen hinaufspringen bis zur vierten, zum sicheren Ort unserer Bleibe. S. sucht offenbar etwas. Meine Chamäleontaktik, in der Wand zu verschwinden und den Atem anzuhalten, um nicht gesehen zu werden, scheitert. Kaum bin ich vorbei, spricht sie mich an: „Scheiße!" Ich bleibe widerwillig stehen, drehe mich sehr langsam um und konzentriere mich auf das, was sie sagt. S. hat die Schließe ihres Ohrrings verloren und ich soll ihr suchen helfen. Ich rühre mich nicht. „Hast du Angst? Keine Sorge!

So steckst du dich nicht an!“ Ich weiß nicht, was sie meint, und bleibe stocksteif stehen. „So bekommt man kein Aids!“ Jetzt verstehe ich mehr, aber nicht alles. Mir geht es nur darum, möglichst schnell nach Hause zu kommen. S. und ihresgleichen jagen mir Angst ein. Mein Körper beginnt sich langsam zu regen. Wir suchen zu zweit nach der Schließe. Als ich sie finde und ihr gebe, sage ich eher verständnisvoll: „Ich weiß, dass man sich so nicht ansteckt.“ Ich weiß es nicht wirklich, ich bin keine zehn Jahre alt. S. lächelt, für den Moment erleichtert. Ich lächle zurück, wende mich um und setze meinen Aufstieg fort.

Ich hasste die Cité, aber nicht ihre Bewohner. Mit manchen hat der Kontakt über die lange Zeit gehalten, wir passen bis heute aufeinander auf. Aber ich hasste diese Konzentration von Gewalt, von kaputten Körpern und Todesfällen in jungen Jahren. Es gab sehr viele Leute wie S. Eine ganze Generation wurde geopfert, aber es kamen auch vor und nach ihnen noch viele Drogenabhängige. Die Cité hasste ich für das Gefühl des Gefangenseins, für die Armut, die Aussichtslosigkeit, dafür, wie schwer es war, einen Hoffnungsschimmer wahrzunehmen. Wenn wir unsere Adresse sagten, löste das beim Gegenüber Angst und Misstrauen aus. „Ein heißes Viertel!“ Wir waren unschuldig Gebrandmarkte. Wir konnten aus und ein gehen, aber manche trauten sich lieber nicht da hin. Sie waren Besseres gewohnt, wir fühlten uns trotzdem in Sicherheit. Das schlechte Leben schweißt zusammen. Man gewöhnt sich an die Hässlichkeit. Sie wird zur Norm. Man stellt sich darauf ein. Die Gewalt wird von manchen sogar aufrechterhalten, sie macht offenbar das Leben erträglicher. Warum Widerstand leisten, wenn nicht einmal Gott etwas dagegen tut?[4]

Wegen der schwierigen Verhältnisse, in denen ich lebte, umlauerte mich lange Zeit der Wahnsinn. Zur Begründung dafür reicht es nicht, die Verstorbenen meiner Familie oder das Verhalten meiner Mutter anzuführen, die laut betete, um bei Gott Gehör zu finden, aber auch damit wir Kinder sie hörten und von weiteren Sorgen verschonten. Wir vermissten die Toten, dadurch wurden sie präsent und nahmen viel Raum ein. Mehr noch, als wenn sie in Fleisch und Blut da gewesen wären.

Wenn Verstorbene uns fehlen, spüren wir, wie sehr wir sie geliebt haben. Oder dass wir sie zu wenig geliebt haben und es jetzt zu spät ist, etwas daran zu ändern. Ich wollte mehr als einmal sterben, ich hatte

4 El Hadji Ibrahima Diop: „Corporéité et race: l'histoire abrégée d'une construction et de ses fonctions usuelles.“, *Topiques,* No 137, 2016. Übersetzung des Zitats nach dem französischen Original; B.T.

nur nicht den Mut dazu. Doch wollte ich weiterhin wissen, was sich hinter dem Tod verbarg. Ich wollte mich ihm entgegenstellen und ihn herausfordern. Ich wollte ihn sehen, indem ich ihn einem anderen zufügte. Ich war keine neun Jahre alt, als mich dieses Bedürfnis überfiel wie ein plötzlicher Drang. Im Hof spielte ein Kind. Um uns herum war es ungewöhnlich leer. Ich winkte und forderte es auf: „Komm! Komm!" In diesem Moment wusste ich, was ich wollte: dieses Kind erwürgen, seinen Hals mit beiden Händen zudrücken. Ich musste unbedingt mit eigenen Augen dem Tod zusehen. Ihn bekämpfen, vermittelt durch das andere Kind. Doch dieses Kind hatte mich ebenfalls lange beobachtet. Ich weiß nicht, was mein Körper in diesem Moment ausdrückte oder was mein Blick sagte. Das Opfer schüttelte den Kopf und rannte weg. An diesem Tag hätte ich töten können. Jemand sollte bezahlen für meine an der Verzweiflung genährte Wut. Für den Verlust meines Paradieses. Ich wollte dem Tod ins Auge sehen und ihm die Rechnung vorlegen. Ist das die Bedeutung des Wahnsinns?

Kürzlich hast du mich gefragt, warum ein Ereignis, auf das man sich lange gefreut hat, nie anhält. Ich antwortete: „Wichtig ist, dass es diesen Moment gab." Unser Gedächtnis ist Zeuge der Vergangenheit. In ihm sind die Ereignisse und Menschen aufbewahrt, die für uns wichtig waren. Jeder kann in seine Erinnerungen zurückgehen, ob sie gut sind oder schlecht.

Und sie aufschreiben, wenn sie nicht verloren gehen sollen.

Die Erinnerung an meine Lieben hat mich genauso gerettet wie die Weigerung des Kindes, mir zu folgen. Mir bleibt als tröstliche Erinnerung, dass ich einmal bedingungslos geliebt wurde, bevor Unbekannte Sagui Cissoko und Massou Cissoko ermordeten. Diese Vergangenheit hat es wirklich gegeben, das ist die Hauptsache! Ich bin am Leben geblieben und kann mich an die Zeit vor der Tragödie erinnern. Es ist der Beweis, dass diese andere Welt existiert hat. Durch die Erinnerung wird es mir möglich, die Gegenwart zu erfassen, so dass sie erträglicher wird. Diese Vergangenheit war der Lichtschimmer am Ende des langen Tunnels, ich brauchte ihn, um meine Menschlichkeit nicht zu verlieren und gegen den Wahnsinn anzukämpfen. Massiré Dansira hat sich derweil zu Tode geschunden, damit es uns materiell an nichts fehlte. Mehr als einmal sagte sie zu uns: „Wärt ihr nicht gewesen, wäre ich schon tot."

Du darfst das nicht missverstehen, ich habe dich nicht in die Welt gesetzt, um mich selbst zu retten. Mein Kinderwunsch war stärker als meine Ängste und ich habe mir das genau überlegt. Meine Freude war umso größer, dass du ein Mädchen warst, denn ich wollte ein Mädchen. Ich habe immer gedacht, dass die Frauen in unserer Familie mutiger waren als die Männer. Als ich nach der ersten Ultraschalluntersuchung dein Geschlecht erfuhr, war Massiré Dansira nicht überrascht. „Ich wusste es. Ich habe von ihr geträumt. Deine Tochter hat mich im Schlaf besucht." Es kam manchmal vor, dass deine Großmutter etwas im Traum voraussah. Doch meine Hellseherei bereitete ihr Sorge. Nichtwissen kann angenehm sein. Was du nicht weißt, kann dich nicht belasten. Man lebt vielleicht entspannter. Was ich dir auf diese etwas umständliche Weise ausdrücken will ist, dass ich wegen dir im Alltag gezwungen bin, mich dem Leben und den Männern zu stellen, obwohl der Umgang mit ihnen manchmal viel Kraft kostet. Es liegt in meiner Verantwortung, darauf zu achten, dass es dir an nichts fehlt, weder materiell noch emotional, genau wie damals Massiré Dansira. Ein Kind zwingt zur Beschäftigung mit der Gegenwart und zur Planung für die Zukunft. Ich möchte sehen, wie du heranwächst und jemand wirst. Deine Großmutter wollte unbedingt, dass ich auf das Leben mit einem Kind nicht verzichten musste. Auch weil es in die normale Ordnung der Dinge gehörte. Lange Zeit war ich nicht bereit, mich um meine psychische Gesundheit zu kümmern. Massiré Dansira hat es nie getan, für sie hieß es immer: „Du musst machen und Schluss!" Inzwischen weiß ich, warum sie immer behauptete, wir hätten sie gerettet. Aber ich kann mir nicht vorstellen, dass auch dein Leben nur aus Widerstand bestehen soll. Es wäre für mich schlicht unerträglich. Unsere Schmerzen sind nicht umsonst gewesen! Sagui Cissoko, Massou Cissoko, Moussa Cissoko und Massiré Dansira sind nicht umsonst so früh gestorben! Genau wie die Angehörigen deines Vaters, auf die ich später noch kommen werde.

Frankreich will, dass wir dankbar sind für seine Wohltaten. Wir sollen dem Land immer etwas schuldig bleiben. Obwohl unsere Toten Opfer waren. Und obwohl dein Urgroßvater mütterlicherseits, Faly Cissoko, einen Teil seiner Jugend geopfert hat, als er für einen Krieg eingezogen wurde, der ihn nichts anging. Wir sollen dienstbereit sein, ohne eine Gegenleistung zu fordern. Und das ist noch nicht genug. Wenn wir all unsere Kräfte im Kampf einsetzen, kann das nur für den Sieg Frankreichs sein. Der Sieg wird nur dem Land zugerechnet und nicht uns. Das musste ich vor Ort und in aller Öffentlichkeit erfahren. Bei der Lancierung meines ersten Buchs *Danbé*[5] kannte ich das Spiel der Medien noch nicht. Ich sah dem Erscheinungstermin unbelastet entgegen. Erst in der wöchentlichen Kultursendung im Fernsehen wurde mir klar, dass man von mir ein Bekenntnis zu einer angeblich existierenden Republik erwartete, da sie Kinder wie mich rettet, deren Eltern Schwarze und Analphabeten sind. Eine Republik, geeint und unteil-

5 Aya Cissoko u. Marie Desplechin, *Danbé*, Paris, Calmann-Lévy, 2011

bar, die nach diesem Idealbild jedem die Chance gibt, sich aus seiner sozialen Lage zu befreien. Mit Institutionen, die alle gemeinsam für die Emanzipation von Kindern wie mir zusammenwirken. In diesem Augenblick spiele ich überhaupt keine Rolle, ich diene ungefragt als das lebendige Beispiel. Die Republik beraubt meine Angehörigen all ihrer Verdienste. Es sind nicht mehr die Opfer meiner Eltern, die mich auf dieses Podium gebracht haben. Der Angriff trifft mich unerwartet und mit voller Wucht. Ich stammele etwas von „... ohne meine Mutter wäre das nicht möglich gewesen" zur Antwort auf den Politiker, der mich über Integration belehrt und dass ich ein Beispiel dafür sei. Integration. Wieder dieses Wort! Die *nicht-weißen* Körper sind ewig dazu verurteilt, sich immer und immer wieder zu integrieren, wie Sisyphus, dabei sind wir Kinder dieses Landes. In diesem Augenblick war ich eine Kriegsbeute, mit der die wenigen sich brüsten, um von ihren Fehlern abzulenken und zugleich den Status quo zu erhalten. Wir allein sollen für unser Scheitern verantwortlich sein. Gehen Sie weiter, hier gibt es nichts zu sehen!

Worte wie Integration sind wichtig, aber man muss sich vor den Leuten hüten, die sie manipulieren, um ihre Macht zu erhalten. In ihrer Erzählung geben sie die Wirklichkeit nur teilweise oder falsch wieder. Worte sind sinnentleert, wenn sie nicht an den Erfahrungen der Menschen gemessen werden. Erspart man sich diese Etappe, legt man nur eine kurze Strecke auf dem Weg der Erkenntnis zurück und hat am Ende nichts gelernt. Dass ich anschließend zurückkehrte vor Ort, zu meinen Leuten, hat mir ziemlich brutal vor Augen geführt, was ich lange geleugnet hatte. Ich war gezwungen, meine eigene Vergangenheit neu zu betrachten und das hat viel dazu beigetragen, dass ich die Mechanismen der Demütigung durchschaute, denen in diesem Land Teile der Jugend und der Bevölkerung ausgesetzt sind.

Mit dem Erscheinen meines Buchs wurde ich von Schulen angefragt, die meist in ärmeren Vierteln lagen, um ihren Schüler*innen meinen Lebensweg zu erzählen. Eine schwarze noch lebende Autorin, Tochter von aus Mali stammenden Analphabeten, die in einer Cité aufgewachsen und dreimalige Boxweltmeisterin ist, das würde dem Identifikationsprozess bestimmt förderlich sein. Aber der Spruch: „Man muss nur wollen!" hat seine Grenzen. Er wird kaum umzusetzen sein, wenn die Familien mittellos sind und die schulischen Einrichtungen durch eine Barriere von Gebäuden versperrt sind, die näher an den öffentlichen Verkehrsmitteln und den übrigen Einrichtungen liegen. In günstiger Entfernung für die Anderen. Als hätte man dazwischen eine Sicherheitszone errichtet.

Der Zugang zur Bildung ist paradoxerweise ein Hebel der Unterdrückung. Denn was bringt es, in unsere Bildung zu investieren, wenn doch unsere

Körper dazu vorgesehen sind, eine kleine Gruppe der Anderen zu bereichern? Der Schulbesuch ist für alle Pflicht: Dann passt sich die Institution eben an! Sie trägt dazu bei, die Guten von den Schlechten auszusieben, sobald wir unsere Schullaufbahn beginnen. Einige der Lehrkräfte, die diese Institutionen Tag für Tag am Leben halten, fördern die begabtesten, entschlossensten und hartnäckigsten Kinder. So bleibt der Mythos gewahrt, dass es die Verdienten in der Republik zu etwas bringen können! Mitte der 1980er Jahre hat die öffentliche Schule in Frankreich noch einen guten Ruf. Dunkelhäutige Kinder wie wir sind in den Klassen noch die Minderheit. Zusammen mit Rabah, deren Eltern aus dem Maghreb stammen und arm sind, sitze ich im Vorschuljahr in der letzten Reihe des Klassenzimmers. Ist es das Vorspiel zu dem Leben, das uns erwartet? Der Lehrer kümmert sich wenig um unsere Anwesenheit, solange wir seinen Unterricht nicht stören. Wir gehorchen still, warten dass die Zeit vergeht, bis wir wieder frei sind für das Leben draußen, das uns bereits ein wenig vertraut ist.

Das Jahr geht zu Ende und ich besuche die erste Grundschulklasse CE1. Die Versetzung ist weder für mich noch für meine Eltern eine Bestätigung. Was sie bedeutet, oder Bildungsstrategien überhaupt, sind notwendigerweise für Erwachsene, die nie eine Schule besucht haben, nicht zu verstehen. Ihnen bleibt nichts übrig, als sich auf den Lehrkörper zu verlassen und ihm ihr blindes Vertrauen zu schenken: „In der Schule muss man gut zuhören!“, wiederholen sie mit wackelndem Zeigefinger. Sie gehen davon aus, dass die Erwachsenen kollektiv die Verantwortung übernehmen und dass den Kindern unter ihrer Obhut nichts Schlechtes passieren kann. Um ein Problem erleichtert, können sie sich auf die Bewältigung von Schwierigkeiten konzentrieren, die häufig nicht zu bewältigen sind. Massiré Dansira wusste, dass Frankreich ihren mittellosen dunkelhäutigen Kindern keine Beachtung schenke würde. „Schlagt euch durch, aber werdet jemand!“, pflegte sie zu sagen.

Körperliche Züchtigung gehört zu der uns zugedachten Behandlung. Eines Morgens ruft der Lehrer mich in der Pause zu sich. Ich bin sieben, wir stehen uns im Klassenzimmer hinter verschlossenen Türen gegenüber. Seit mehreren Tagen erwartet er, dass ich eine blaue Mappe mitbringe, aber wie üblich fehlt zu Hause das Geld. Wenn es etwas Geld gibt, wird es für die Grundbedürfnisse ausgegeben. Meine ungenügende oder fehlende Erklärung für das Versäumnis wird mit einem solchen Hieb auf den Hinterkopf quittiert, dass ich an der Tischkante aufschlage. Ich trage bis heute eine Narbe an der rechten Augenbraue zur Erinnerung an diese Konfrontation, der ich wehrlos ausgeliefert war. Vor der Schule wartete Sagui Cissoko auf mich. Er fragte mich, woher die Verletzung kam, und selbstverständlich erzählte ich ihm alles.

Er schlug die Augen nieder und bat mich um Verzeihung. Ich lernte zuerst, dass wir arm waren, und erst danach, dass meine schwarze Haut mich in Gefahr brachte. Die Warnung davor kam in eindringlichen Worten von deinem Großvater und später immer wieder von deiner Großmutter: „Hütet euch vor ihnen!"

Ein Kind zu sein ist kein Schutz! Dein Onkel ist ein Jahr älter als ich, er hatte seine eigenen Kämpfe auszutragen. Von Anfang an schlägt er sich mit dem Schulsystem herum, das ihn bereits in der Grundschule abwertet! Mit kaum neun Jahren erklärt ihn die Institution für unfähig, weiter eine normale Schullaufbahn zu verfolgen. Seine Traumatisierungen und die Tatsache, dass sich niemand um ihn kümmert, was beides seine Stummheit und seine Wutausbrüche erklären könnte, werden nicht in Betracht gezogen. Keiner ist da, um ihn zu unterstützen: die Maschine siebt ihn erbarmungslos aus. Er und zwanzig anderen Jungen, mit sehr wenigen Ausnahmen dunkelhäutig wie er, sitzen dann in einer Sonderschulklasse. Wenn du einmal an den Rand gedrängt bist, ist es wahrscheinlich, dass du am Rande bleibst. Als Schülerinnen im Collège nannten wir die Sonderschulklasse SES, „*section enfants sauvages*" – die „Sektion wilder Kinder". Zu der Stigmatisierung und Aussonderung kommt bei meinem älteren Bruder noch die körperliche und psychische Misshandlung hinzu. Sein Lehrer Monsieur B. ist besonders geschickt in der Zweckentfremdung des Holzlineals, mit dem er den Schülern auf die Finger schlägt, deren Verhalten er missbilligt. „Und patsch! Noch eine Ohrfeige. Wie oft hatte ich Nasenbluten!“, erzählt mir dein Onkel. Die Kinder hüten sich, den Eltern von den Misshandlungen zu berichten, denn sie wissen, das setzt eine weitere Tracht Prügel: Der Lehrer hat immer recht.

Allzu früh wird mein Bruder in den Beruf gezwungen. Er versucht sich als Koch, in der Schmiede, aber hört jedes Mal wieder auf. Er war noch nicht bereit, sich seine Träume von einer erbarmungslosen Wirklichkeit zerstören zu lassen. Was waren seine Träume? Er hat nicht viel darüber gesprochen. Als Kind wollte er Tennis spielen. Er war sehr enttäuscht, als meine Mutter ihm das glatt verweigerte: „Von welchem Geld?“ In meinen Kindheitserinnerungen aus der Welt vor der Tragödie, war mein Bruder frei, zu Streichen aufgelegt und fröhlich. Danach wurde er wortkarg und verschlossen, war von einer dumpfen Wut erfüllt. Selbst die Logopädin versagte bei dem Versuch, aus ihm ein Wort herauszuholen. Wie soll man die Leere, die Frustration, die Gewalt ausdrücken, wenn sie dich plötzlich und mit einer solchen Wucht überfällt? Man kann einen Menschen nicht heilen, wenn er selbst nicht versteht, was ihm passiert ist. Viele Jahre später ergriff er die Gelegenheit, im öffentlichen Dienst zu arbeiten. Er musste sich allerdings mit wenig zufriedengeben und froh sein, dass es dieses Wenige für ihn gab. Wie unvorsichtig, von Höherem zu träumen, als einem zusteht.

Ich wollte gerne wieder studieren. Nach einer schweren Verletzung musste ich meine Boxkarriere aufgeben, da eröffnete sich mir mit fast Dreißig eine ungeahnte Möglichkeit. Ich kehrte an der Hochschule Science-Po, die sich damals für Hochleistungssportler öffnete, wieder auf die Schulbank zurück. Die Arbeitsbedingungen, die ich dort sowohl auf der materiellen wie auf der menschlichen Ebene fand, waren für mich etwas ganz Neues. Alles war darauf angelegt, dass die Schüler sich weiterentwickelten und Erfolg hatten. Ich war bereit zu lernen, was während meiner Schulzeit nicht immer der Fall war, da die Alltagssorgen sich in den Vordergrund drängten. Mir stehen noch heute einige Professoren dieser Einrichtung besonders nahe und ich bin in Kontakt mit ihnen geblieben. In ihren Kursen lernte ich endlich, meine Gedanken zu ordnen und auszudrücken. Die Ratschläge eines meiner Lehrer beherzige ich noch heute, nach so langer Zeit. Er hatte es sich zur Gewohnheit gemacht, zu Beginn seines Unterrichts uns jedesmal vor der Bequemlichkeit zu warnen und uns vorzuhalten, wie wichtig es sei, tagtäglich mit dem Lernen weiterzumachen. Um zu erklären, was er meinte, verwendete er das Bild vom Fass ohne Boden: „Ich möchte Sie nicht mit Wissen überschütten, das verloren geht, sobald sich die Schultür hinter Ihnen schließt.“ Eine andere Professorin, der ich mich besonders verbunden fühle, hatte mich eines Tages gefragt, warum ich lese. Ich wusste darauf nichts zu antworten. Ich hatte nie darüber nachgedacht. Ein paar Tage später schrieb ich ihr eine SMS: „Ich lese, um Antworten auf meine Fragen zu finden."

Bis heute habe ich es nicht aufgegeben, die Dinge zu hinterfragen. Wenn man verstehen will, was passiert, ist intellektuelle Bequemlichkeit nicht angebracht. Ein paar Erklärungen zur Aufgabe der Schule hatte ich zu jener Zeit in *Schöne neue Welt* von Aldous Huxley gefunden. Dort fragt ein Wilder den Controller Mustapha Mond:

> „Warum machen Sie nicht aus jedem ein Alpha-Doppel-Plus?[6]"
>
> „Absurd. Ein Alpha-dekantiertes, Alpha-konditioniertes Individuum würde verrückt, wenn es die Arbeit eines Epsilon-Semi-Kretins tun müsste [...] Einzig von einem Epsilon[7] kann man erwarten, Epsilon-Opfer zu bringen, und zwar aus gutem Grund: Er betrachtet sie gar nicht als Opfer[...] Seine Konditionierung bringt ihn auf das Geleis, dem er folgen muss. Er kann nicht anders, es ist ihm vorbestimmt."[8]

6 In dem Roman ist dies die Kaste, die genetisch dazu programmiert wird, die herrschende Kaste zu sein; Anm. Aya Cissoko

7 Die niedrigste Kaste. Anm. Aya Cissoko

8 Aldous Huxley: Schöne neue Welt. Übersetzung Uda Strätling. Frankfurt (Fischer tb) 2015, S. 253f.

Die Gesetze, die in Frankreich von verschiedenen aufeinanderfolgenden Regierungen verabschiedet wurden, hatten unheilsame Folgen und verschärften noch die Selektion nach der Dicke des Geldbeutels. Die schulische Landschaft, die Nicolas Sarkozys Regierungszeit hinterlassen hat, ergibt ein krasses Bild. Die Eltern mit dem größeren materiellen und kulturellen Kapital nehmen ihre Kinder aus den Schulen in den Arbeitervierteln heraus, weil der Unterricht dort angeblich schlecht ist und sie sich wegen der Unsicherheit sorgen, und geben sie in Einrichtungen, die als besser gelten. Die Mittelschicht folgt nach und die weniger Armen unter den Armen schnallen den Gürtel enger, um es ihnen gleichzutun. Die gar nichts haben, bleiben auf der Ersatzbank zurück. Als krasse Folge dieser Strategie sind die *nicht-weißen* Schüler in der Schule des Viertels nun unter sich. Auch ich trage zu diesem Problem bei! Dein Vater und ich haben dich auf Anraten einer meiner Professorinnen bereits ab dem Kindergarten in einer privaten Einrichtung angemeldet. Für mich bedeutete dies eine Entlastung von einem meiner vielen Probleme. Obwohl die Jahre vergehen, denke ich immer noch daran, dich in einer öffentlichen Schule unterrichten zu lassen. Ich habe Schuldgefühle, gegen meine Überzeugung zu handeln. Die Reaktion des Rektors der Staatsschule in unserem Wohnbezirk war für mich daher unerwartet und schroff. Man hatte ihn in die

Bibliothek eingeladen, in der wir oft Bücher ausleihen, um von seiner Schule zu berichten. Ich nahm die Gelegenheit wahr, ihn zu fragen, was er davon hielte, wenn du seine Schule besuchtest. „Sie bleibt besser, wo sie ist ...", war seine Antwort ... Jedenfalls liebst du deine Schule und die Lehrkräfte, die sie Tag für Tag mit Leben erfüllen.

Die Behauptung „Man muss nur wollen!" soll die Kritik am Schulbetrieb, dem Personal- und Materialmangel in den Schulen verstummen lassen, genau wie die Kritik an dem Verfall der Gebäude, an der Erschöpfung der Lehrer, die zwar engagiert, aber von ihrer ungeheuren Aufgabe überfordert sind, und denen die Anerkennung fehlt. Der Spruch „Man muss nur wollen!" ist eine Beleidigung für sie, er verleugnet die tagtägliche Realität der Erwachsenen ebenso wie der Kinder, denn auch sie durchschauen die Lage. Bei meinem Eintreffen an einem Collège in der Essonne wunderte sich ein Schüler darüber, dass ich überhaupt kam, obwohl dieser Besuch lange geplant war. Er fragte mich: „Haben Sie keine Angst, Madame?" „Wovor sollte ich Angst haben?" „Na wegen dem, was man über uns sagt. Hier ist es nicht wie anderswo!" Alle Äußerungen der Schüler, mit denen ich sprach, lassen sich zusammenfassen in dem Satz:„Wir dachten nicht, dass Sie wirklich kommen würden." Fast dreißig Jahre sind seit meiner eigenen Zeit auf dem Collège vergangen, aber die Schwierigkeiten sind dieselben geblieben. Das stelle ich in praktisch allen Einrichtungen fest, die ich besuche. Fatou, eine Jugendliche aus einer dieser Schulklassen, wehrte sich, als ich ein Loblied auf meine und ihre zugewanderten Eltern anstimmte. Zwischen den Zähnen grummelte sie ihren Widerspruch. Ich wusste, was sie sagen wollte. Fatou wagte es, vor Zeugen einen unverrückbaren Grundsatz zu brechen: Du sollst Vater und Mutter bedingungslos lieben. Ich habe Massiré Dansira ebenfalls zu wenig geliebt. Die Klasse hält den Atem an. Alle hängen an meinen Lippen, gespannt darauf, was ich antworten werde. Eine Antwort muss her! Da fällt mir plötzlich etwas ein. Ich richte meine Frage an alle Schüler, aber ich schaue Fatou an: „Habt ihr etwas über griechische Mythologie gelernt?“ „Ja!“ „Was ist ein griechischer Held? Er ist einer, der seine Familie zurücklässt, die nicht weiß, ob er je zurückkommt. Mit seinem Mut und seiner Stärke widersteht er allen Gefahren. Die griechische Mythologie, das ist auch die Geschichte eurer Eltern. Eure Eltern sind wie die griechischen Helden. Alles hängt davon ab, wie die Geschichte geschrieben wird und wer sie erzählt. Fragt eure Eltern aus! Sie sollen euch berichten, wie sie hergekommen sind, wie ihr früheres Leben im Vergleich zu dem in Frankreich war. Man kann sich seine Helden selbst wählen.“

Fatous Blick hellte sich auf. Meine Worte hatten ihre Phantasie angeregt. Sie weinte. Die Analogie hatte gewirkt. In ihr wurde ein Bewusstsein angestoßen, das die offizielle Erzählung anders interpretierte, die normalerweise *nicht-weiße* Männer und Frauen abwertet. Die unsichtbar bleiben sollen, sind plötzlich die Hauptfiguren der Erzählung, sie werden wieder zu jemand. Für Menschen, die nichts gelten, ist das der Beginn ihrer Rehabilitation, und zugleich die ihrer Vorfahren und Nachkommen.

Fatous Eltern stammten aus Mali, wie meine und auch die der meisten Schüler an diesem Collège von Montreuil. Aber wieviele von ihnen kennen die Geschichte der drei großen Königreiche, die einst Ghana, Mali und Songhai waren? Wer hat vom Reich der Mandingue gehört? Vom Reich des Soundiata Keïta? In Frankreich erkennen die Geschichtsbücher nur mit Vorbehalten an, dass er im 13. Jahrhundert als Erster eine Charta der Menschenrechte verkündet hat. Sie wurde von Soundiata Keïta mündlich erlassen und enthielt Glaubensfreiheit, die Achtung vor der körperlichen Unversehrtheit, das Recht auf Bildung, die Abschaffung der Sklaverei und der Menschenjagd, die Meinungsfreiheit … Afrika soll angeblich nicht in die Geschichte eingetreten sein?[9] Sie soll erst mit dem Ankunft der Europäer angefangen haben? Allein

9 Anspielung auf die Rede von Nicolas Sarkozy, die er 2007 in Dakar gehalten und die einen Aufschrei ausgelöst hat. Anm. Aya Cissoko

im Pariser Museum am Quai Branly werden 70 000 Objekte aus Afrika südlich der Sahara aufbewahrt, davon 9 104 aus Mali. Wer hat diesen Jugendlichen bisher erzählt, dass der Kontinent Afrika, dreimal so groß wie Europa, niemals arm war? Dass eben die Reichtümer, die er besitzt, sein Unglück ausmachen? All das sind Informationen, die ihren Narzissmus stärken und sie in größerem Einklang mit sich aufwachsen lassen würden, nämlich wenn sie erfahren, dass ihre Eltern nicht Kinder von Nichts und Niemand sind. Diese Informationen werden abgewertet oder ihnen bewusst vorenthalten. Doch Siege, auch kleine Siege, sind nicht von Dauer. Die Willkür und das Streben, die *nicht-weißen* Körper zu unterdrücken, sind gnadenlos. Wieder schlägt die Willkür hinterhältig und ohne Vorwarnung zu. Einen Moment nicht aufgepasst, und schon bist du dran! Dabei hatte der Tag so gut begonnen. In einer Schule in der Gegend um Paris hatten die Schüler meinen Besuch mit großem Eifer vorbereitet. Sie hatten sich Fragen überlegt, Bilder gemalt, Gedichte geschrieben. Ich hatte sie gemahnt weiterzumachen, mutig zu sein, entschlossen zu sein, durchzuhalten. Sie hatten über ihre Probleme gesprochen, die Ungerechtigkeiten, unter denen sie litten, über ihre Kampfansage an Frankreich. „Wissen Sie, Madame, wir haben nicht die gleiche Chance!“ „Ich weiß das“, hatte ich geantwortet, wie fast immer. „Genau aus diesem Grund müsst ihr euch noch mehr anstrengen. Es ist nicht gerecht, aber so ist es eben!“ In der Diskussion konnte sich jeder frei äußern und wurde wohlwollend angehört. Die Schüler*innen konnten alles sagen oder still sein, sie konnten die Zeit der Diskussion nutzen wie sie wollten. Aber die Ruhepausen währen nicht lang. Der Lauf der Zeit wird nur kurz und nur an der Oberfläche angehalten, bevor die Normalität wieder einsetzt. Wehe dem, der seine Wachsamkeit aufgibt. Kaum habe ich das Collège verlassen, hat mich die Wirklichkeit wieder eingeholt. Ich schalte mein Handy ein und schon laufen Bilder, die mich niederschmettern: Schüler eines Lycée auf den Knien, die Hände am Hinterkopf, von Polizeikräften eingekesselt. „Hier sehen Sie eine Klasse, die schön ruhig hält.“ Immer dieses Streben, zu unterwerfen, zu erniedrigen, unsere Körper und die Körper unserer Kinder zu einem Nichts herabzusetzen. Nach der Niedergeschlagenheit kommt bei mir die Wut. Sie bleibt mir einfach nicht erspart.

Es hat sich schlicht gar nichts geändert! Aus Scham haben dein Onkel und ich lange Zeit nicht darüber gesprochen. Unsere Geburtstage und der Neujahrstag sind die wenigen Gelegenheiten, bei denen wir dieses Schweigen brechen, um unsere gegenseitige Zuneigung auszudrücken, und zwar eher in schriftlicher Form. Vielleicht weil wir befürchten, es nicht zu wagen, wenn wir einander gegenüberstehen. In einem unserer Gespräche äußerte mein Bruder große

Besorgnis um seine beiden heranwachsenden Söhne. Er brachte die Worte nur mühsam heraus, als er von den eigenen Erfahrungen mit der Polizei berichtete. Bei ihm begannen die willkürlichen Ausweiskontrollen schon mit dreizehn oder vierzehn, auf dem Weg zwischen der Schule und der Cité, egal, ob er allein oder mit Freunden unterwegs war. Die Uniformierten behandelten die Jugendlichen schlecht, ohne einen Gruß und ohne eine Begründung, die die Kontrolle rechtfertigte. Die jungen Männer mussten es sich gefallen lassen, in der Öffentlichkeit abgetastet und ständig mit körperlichem Einsatz behandelt zu werden. Manchmal wurde dein Onkel zwei- bis dreimal am Tag kontrolliert, häufig von derselben Patrouille.

Das Gefühl der Erniedrigung nährt die Wut. Mehr als einmal nimmt mein Bruder lieber die Beine unter den Arm, als auf dem Revier zu landen. Die Willkür schlägt unablässig zu. Es gibt keine Ruhepause, kein Atemholen. Einmal fällt die Polizei mit mehreren Mannschaftswagen in der Cité ein: Bei dieser Razzia werden alle auf das Revier gebracht und außerhalb jeder Legalität erkennungsdienstlich behandelt. Die Freiheit gibt es nur gegen die Fingerabdrücke und ein Foto ... Die Anzeigen wegen Beamtenbeleidigung häufen sich bei meinem Bruder, denn trotz der Sonderbehandlung muss man den Mund halten, man darf vor allem nicht die Beachtung der Gesetze von jenen einfordern, die eigentlich genau diese Aufgabe haben.

Dein Onkel ist eben auch ein Bambara: Sie haben stets Widerstand geleistet. Recht häufig fühlt sich ein Polizeibeamter von diesem jungen Schwarzen beleidigt, der nicht bereit ist, sich einer ungerechtfertigten Autorität zu unterwerfen. Eines Tages verlangt ein Beamter 500 Euro von ihm, um eine Anzeige wegen der Widerworte abzuwenden. Eine Angestellte der Behörde befragt sie einzeln und verurteilt deinen Onkel zur Zahlung von 50 Euro, wobei sie den Polizisten mit halben Worten des Machtmissbrauchs bezichtigt. Dennoch kommt es nicht in Frage, meinen Bruder freizusprechen, denn der Kollege darf nicht ins Unrecht gesetzt werden. Die Willkür kostet die Opfer auch noch Geld. Weitere Ordnungsbeamte klagen ihre Rechte in klingender Münze ein, für einen angeblich erlittenen seelischen Schaden. Die Begründungen sind meist erfunden, dennoch häufen sich die Strafzettel an. Um die Schulden beim Staat zu begleichen, muss dein Onkel ein gerade erstandenes Auto wieder verkaufen. Seit damals hat sich nichts verbessert. Die Polizei verhält sich immer noch genau gleich. Und bleibt straflos. Obwohl man es heute in Bildern festhalten kann, wie die Polizeikräfte vorgehen und wie die Opfer wirklich behandelt werden, sind die jungen Männer weiterhin dem Polizeiknüppel ausgeliefert. Um seine beiden Jungen zu beschützen, lässt mein Bruder sie nicht oft und niemals allein ausgehen, erlaubt nicht, dass sie sich auf öffentlichen

Plätzen aufhalten, aus Angst, dass eine zufällige Begegnung mit Polizisten schlecht ausgeht. Ein Kind zu sein ist kein Schutz!

Der Weiße und der Nicht-Weiße sind alte Bekannte. Die Behandlung der Schwarzen Körper wird nur verständlich, wenn man unsere Geschichte hinzunimmt: die Geschichte von Sklaverei und Kolonisation. Ein Großteil der Menschen in Frankreich sind auf der einen Seite Nachkommen einer Bevölkerung, die versklavt und kolonisiert wurde, und auf der anderen Seite Nachkommen der Kolonisatoren. Die Unterdrückung war möglich durch die Anwendung von Gewalt, aber auch durch die Rassengesetze, die Nicht-Weißen ihre Menschlichkeit absprachen, sie zu Tieren und Sachen herabwürdigten. Die Folgen dieser Gesetze wirken sich bis heute uneingestanden auf die Behandlung der *nicht-weißen* Körper aus. Es ist daher dringend notwendig, den Aufbau der französischen Gesellschaft zu hinterfragen und auch, wie sie in Hierarchien und Klassen eingeteilt ist, um damit den strukturellen und systemischen Rassismus ebenso zu bekämpfen wie die strukturelle und systemische Diskriminierung.

Die gemeinsame Vergangenheit von Schwarzen und Weißen beeinflusst die Wahrnehmung, die Polizeikräfte von diesen Menschen haben, und bestimmt das Maß der Gewalt, das angewandt wird, um ihre Körper zu beherrschen, die als gefährlich gelten und daher angeblich nur mit Gewalt zu bezwingen sind. Im Jahr 1925 wird eine Kontrollbehörde geschaffen, die sich ihnen ganz widmet: Sie heißt *Service des affaires indigènes nord-africaines*, also „Dienst für Angelegenheiten der nordafrikanischen Eingeborenen“, mit Sitz in Paris. Ihr polizeilicher Arm, die Nordafrikanische Brigade BNA, welche die Überwachung der Nordafrikaner zur Aufgabe hat, macht bald von sich reden. Mehrere Mitglieder der Brigade waren zuvor in den Kolonien beschäftigt und weiten den „Code für die Eingeborenen“ nun auf das Mutterland aus. Bei der Befreiung Frankreichs nach dem Zweiten Weltkrieg wird die BNA wegen Kollaboration mit den deutschen Besatzern schließlich aufgelöst: Zu viele von ihnen hatten die Pariser Gestapo tatkräftig unterstützt. Die BNA war der Vorläufer der BAC, der Antikriminalitätsbrigade, deren offizielle Mission es ist, in den sozialen Brennpunkten die öffentliche Ordnung zu beaufsichtigen und, wenn nötig, wieder herzustellen. Auch heute noch ist die französische Polizei innerlich vom Rechtsextremismus zerfressen. Sie ist zum Großteil von dessen Ideen überzeugt und wählt entsprechend. Was ein Vertreter der Poizeigewerkschaft in einem öffentlichen Fernsehsender zur besten Sendezeit von sich gegeben hat, bezeugt die Straflosigkeit und die systemische Verbreitung des Rassismus bei den Ordnungskräften: „Bambule ist immer noch ziemlich angesagt.“

Ein Teil deiner Vorfahren waren askenasische Juden, die im 19. Jahrhundert aus der Ukraine fliehen mussten, um ihr Leben zu retten. Sie hatten sich für Frankreich entschieden. Wo sie herkamen, lebten die Juden autark in kleinen Dörfern, den sogenannten *shtetl.* Das Leben in der Gemeinschaft verhinderte, dass sie sich mit der einheimischen Bevölkerung vermischten. Nach Angaben deines Vaters bedeutet dein Familienname „Zuschneider"; der Zuschneider war besser angesehen als der Schneider, denn er konnte den Stoff auswählen. Die Lebensbedingungen waren ärmlich und die Juden wurden mit Pogromen und Strafexpeditionen verfolgt. Dabei ging die einheimische Bevölkerung mit dem stillschweigenden Einverständnis der Regierung und der Polizei gegen sie vor, zerstörte, plünderte und mordete, ohne dafür bestraft zu werden. Gab es eine Epidemie, eine politische oder finanzielle Krise, stand schon fest, dass die Juden daran schuld waren. Das Pogrom war auch eine radikale Lösung, wenn Schuldner nicht zahlen konnten oder man eine unliebsame Konkurrenz ausschalten wollte. Schon ein Gerücht konnte genügen, um die Verfolgungen auszulösen. Der Verdacht des Ritualmords stand ganz oben auf der Liste. Wenn ein Kind verschwunden war, hieß es, die Juden hätten es entführt und sein Blut zur Herstellung von Matzen verwendet, ein Brot, das nur aus Wasser und Mehl hergestellt wird.

Der erste deiner Vorfahren von Vaterseite, der französischen Boden betrat, hieß Lazare. Er ließ sich in der Umgebung von Paris nieder. Nach dem Stammbaum, den deine Großmutter von Vaterseite besitzt, heiratete Lazare Sophie Kriener, mit der er zwei Kinder hatte: Mardoché und Leib. Mardoché ehelichte zunächst Feiga Jackersohn, mit ihr bekam er einen Sohn namens Robert, der am 6. Oktober 1910 geboren wurde. Als die erste Frau starb, heiratete Mardoché in zweiter Ehe Rose Praeter. Sie bekamen Nathan, Sarah Rachel und Camille, der am 28. Januar 1918 geboren wurde. Dieser heiratete Benvenida Montoya. Camille und Benvenida waren die Eltern deines Großvaters Jean-Claude, der am 13. März 1939 im Hôpital Rothschild in Paris geboren wurde. Während des Zweiten Weltkriegs wurden Mardoché und Rose, Hirche[10] (vermutlich Robert), Nathan und Sarah Rachel „im August 1943 von den Besatzungsmächten

10 Genaue Abschrift des Vornamens nach der Urkunde, die der Familie von dem Beamten in Nogent-sur-Marne übergeben wurde. Anm. Aya Cissoko

nach Deutschland deportiert, und seit diesem Datum sind wir ohne Nachricht über ihren Verbleib, weder von offizieller noch von der Seite der Betroffenen“, so steht es in einer Urkunde, die der Standesbeamte der Stadt Nogent-sur-Marne am 5. Juli 1955 ausstellte, wo die Familie Chermann gewohnt hatte.

In seinem 1978 erschienenen Buch *Les Ritals* erinnert sich der französische Schriftsteller François Cavanna an die Familie:

> „In der *Association Alsacienne et Lorraine de Paris* (ALP) übt die Jugend von Nogent schicke und gesunde Sportarten aus, die Anlage des Vereins befindet sich in Perreux direkt am Ufer der Marne. In der Stadt gibt es außerdem die USM, die „Union der Retter von der Marne“, die unbesiegbaren Champions im französischen Rettungswesen, aber der Verein ist nicht so vornehm, da gibt es Juden, etwa die Familie Shermann, die auf dem Markt Seife verkauft. Nana[11] Shermann war lange in meiner Klasse. Ich kannte die ganze Familie, Rachel, die einen Liebsten und ein Tandem hat, und Jojo[12](, den Ältesten, ein lustiger athletischer Kerl, der ständig die Leute ins Wasser schmeißt. Ich fand sie witzig, Nana war ein prima Kamerad

11 Rufname von Nathan; Anm. Aya Cissoko

12 Vermutlich der Rufname von Robert, der auch Georges hieß (also Jojo gerufen wurde), aber auch Hirche oder Hirsch. Anm. Aya Cissoko

> und die Mutter Shermann mit ihrem kohlrabenschwarzen Haarknoten, zwischen den Pyramiden von Seifenstücken, erinnert an eine neapolitanische Mamma, wie man sie aus Filmen kennt."[13]

Jahrzehnte später fand dieses Kapitel seine Fortsetzung in einem Briefwechsel zwischen Cavanna und dem Bruder deines Vaters. Dein Onkel konnte mit seiner Ahnenforschung einige Dokumente zutage bringen:

> Lieber Monsieur Chermann,
> ich war noch ein Kind, als Ihre Familie am Vorplatz des Marktes von Nogent, zwischen der Straße X[14] und, kleine Seifenstücke und Scheuerbürsten verkaufte. Ich erinnere mich noch sehr gut an „die Mutter Chermann mit ihrem Haarknoten", aber auch an Nathan (Nana, wir waren in der gleichen Schulklasse) und den Ältesten Georges (Jojo), mit dem wir im USM die Affen machten, auch an ihre Schwester Rachel (?) mit ihren Flirts. Entschuldigen Sie meine Schrift, ich habe die Parkinsonsche Krankheit und meine, dass es sich nicht mehr lohnt, tippen zu lernen mit X. Mir fällt nichts ein,

13 Die Ausländer sind den Standesbeamten ausgeliefert. So wird Sissoko zu Cissoko und Shermann zu Chermann. Anm. Aya Cissoko

14 Unlesbar, wie die anderen mit X gekennzeichneten Stellen des Briefs. Anm. Aya Cissoko

was ich Ihnen noch mitteilen könnte, da ich nicht zu den Freunden der Familie gehörte. Insbesondere erinnere ich mich nicht mehr, ob Madame Chermann an dem Tag anwesend war, als die Welt zusammenbrach (1941). Es waren gute Leute, sehr lebendig und humorvoll, in Nogent höchst beliebt. Das war's. Nicht viel, aber vielleicht kann es auf eine Spur führen. Ihr ergebener
Cavanna

Franzose zu sein schützt nicht vor der rassistischen Willkür! Dein Ururgroßvater Mardoché Chermann wurde am 29. Juni 1926 in Paris französischer Staatsbürger, während der Präsidentschaft von Gaston Domergue, Pierre Laval war in dieser Regierung Justizminister (*Garde des Sceaux*). Mardoché Chermann und Pierre Laval konnten zu der Zeit noch nicht wissen, dass ihr Schicksal in fataler Weise verknüpft war, denn Laval wurde der wichtigste Anstifter zum Mord an Mardoché Chermann. Zunächst ein Mann der Linken, wurde Laval später zu einer wichtigen Figur der antikommunistischen Rechten. Seine politische Karriere erreichte ihren Höhepunkt unter Pétain, als Laval zugleich Regierungschef, Außenminister und außerdem Minister des Inneren und der Geheimdienste wurde. Zusammen mit dem Maréchal Pétain war er die wichtigste Triebkraft des Vichy-Regimes, er plante die Kollaborationspolitik mit Nazideutschland und die Durchführung der Endlösung in Frankreich, welche die Ausrottung der europäischen Juden zum Ziel hatte. Lavals Rede vom 22. Juni 1942 ist nicht weit entfernt von den heutigen Diskursen, die eine Bedrohung durch die „islamistische Linke“ anprangern, um ihre rassistische und islamophobe Politik zu rechtfertigen: „Ich wünsche mir den Sieg Deutschlands, denn andernfalls würde sich der Bolschewismus überall durchsetzen.“

In einem Telegramm an die französischen Botschaften vom 30. September 42 rechtfertigte Laval die Deportation der Juden, indem er sie als zwingende Lösung hinstellte: „Der einzige Weg, die jüdische Gefahr zu bannen, war die Abschiebung dieser Individuen nach Osteuropa, wo sie herstammen.“ Ein Kind zu sein ist kein Schutz! Ursprünglich wollten die Deutschen keine Kinder deportieren, sie verlangten ausschließlich die Juden im Alter zwischen sechzehn und vierzig Jahren. Dass die Kinder trotzdem nachgerade in den sicheren Tod geschickt wurden, ist dem französischen Staat anzulasten. Laval betrieb die Deportation der unter Sechzehnjährigen aus praktischen Gründen. Was sollte man ohne die Eltern mit ihnen anfangen? 1942 werden über 6000 Kinder deportiert, fast 1000 von ihnen unter sechs Jahren, 2557 zwischen sechs und zwölf und 2464 zwischen dreizehn und siebzehn. In den Jahren vor diesen Deportationen waren etliche Gesetze und

Verfügungen verabschiedet worden, um die Juden zu Parias der französischen Gesellschaft zu machen. Eine heimtückische Strategie, um sie fortschreitend zu stigmatisieren und auszusondern. Bereits ab Oktober 1940 wurden Juden aus dem öffentlichen Dienst ausgeschlossen, danach auch aus Handel und Industrie entlassen. Zur gleichen Zeit begann ihre zahlenmäßige Erfassung. Die Maßnahmen der französischen Behörden mit der Einführung dieser Kartei von der jüdischen Bevölkerung und die Verpflichtung für alle Juden über 6 Jahren, den gelben Stern zu tragen, die im besetzten Frankreich bereits am 7. Juni 1940 eingeführt wurde, erleichterte später die Massenverhaftungen der Juden. Die Durchführung des infamen Plans wurde durch diese Sondergesetze erleichtert, aber auch durch die Gleichgültigkeit all derer in der Bevölkerung, die passive Zeugen der Vorgänge wurden, oder schlimmer noch, durch die Verräter, Herr und Frau Normalbürger, die nicht davor zurückschreckten, ihre Nachbarn zu denunzieren. Drei bis fünf Millionen Denunziationsbriefe gingen zwischen 1940 und 1944 bei den französischen Behörden ein.

Im Jahr 1943 wurden 11 000 ausländische Juden von Frankreich aus deportiert. Aber die Verschleppungen erfassten auch die eingebürgerten Juden: dies betraf Mardoché Chermann, der 1926 Staatsbürger geworden war, wie auch seine Kinder Hirsch, Nathan und Sarah Rachel. Sie wurden fast einen Monat im

Lager Drancy interniert, bevor sie deportiert und in Auschwitz getötet wurden. Noch 1944 kamen 17000 französische Juden um.

Zwischen März 1942 und August 1944 wurden insgesamt fast 78000 Juden, darunter 11000 Kinder, von Frankreich deportiert. 85 % von ihnen wurden von französischen Polizeikräften verhaftet. Der Krieg verlangte 60 Millionen Todesopfer, davon 5–6 Millionen Juden. Keiner der Familie, weder Mardoché, noch Rose, Nathan oder Sarah Rachel kehrten zurück, keine ihrer Leichen wurden gefunden. Die französische Verwaltung stellte in der Folge Dokumente aus, die ihre Verschollenheit beurkunden und ihnen den Status aus politischen Gründen Verschleppter geben.

> ENTSCHEID vom 14. Februar 1963 über die Vergabe des Titels eines
> AUS POLITISCHEN GRÜNDEN VERSCHLEPPTEN an
> CHERMANN, Mardoché
> auf der Grundlage einer Internierung vom 7. August 1943 bis 1. September 1943 und einer Deportation vom 2. September 1943 bis 7. September 1943.

> ENTSCHEID vom 14. Februar 1963 über die Vergabe des Titels eines

AUS POLITISCHEN GRÜNDEN VERSCHLEPPTEN an
CHERMANN, Rosa, geborene PRAETER
auf der Grundlage einer Internierung vom 7. August 1943 bis 1. September 1943 und einer Deportation vom 2. September 1943 bis 7. September 1943.

VERMISSTENBESCHEINIGUNG vom 8. Dezember 1949
für CHERMANN, Nathan
in Drancy interniert; nach Auschwitz (Polen) deportiert mit dem Konvoi,der Drancy am 2. September 1943 verlassen hat.

URKUNDE ZUR TODESFESTSTELLUNG vom 25. Januar 1962
für CHERMANN, Sarah Rachel
in Drancy interniert am 6. August 1943; nach Auschwitz (Polen) deportiert mit dem Konvoi, der Drancy am 2. September 1943 verlassen hat.

Die Verwaltung hat keine Informationen darüber, daß die betreffende Person an ihren Wohnort zurückgekehrt ist.

In den Kolonien wurden Soldaten für diesen Krieg eingezogen, obwohl er nicht der ihre war. Wie schon im Ersten Weltkrieg mobilisierte Frankreich von Anbeginn des Konflikts die Untertanen seines Kolonialreichs. 1939/40 wurden 178 000 Afrikaner und Madegassen und 320 000 Maghrebiner einberufen, um sich der regulären französischen Armee anzuschließen und gegen die deutsche Besatzungsmacht zu kämpfen. Von diesen zahlreichen Soldaten fielen 21 500 Afrikaner und Madegassen und 16 000 Maghrebiner im Kampf, 25 000 Afrikaner und Madegassen und 18 000 Algerier kamen in Kriegsgefangenschaft. Sie wurden zunächst in deutschen Lagern innerhalb Frankreichs, den sogenannten „Frontstalags", interniert, dann verurteilte man sie als „freie Arbeitskräfte" zu Zwangsarbeit, später wurden sie „rekrutiert", um Festungsanlagen an der Mittelmeerküste zu bauen. 1945 waren Kolonialtruppen an allen Schlachten zur Befreiung des Kontinents beteiligt. Vielleicht war Faly Cissoko, dein Urgroßvater mütterlicherseits, unter den „Senegalesischen Schützen", die Paris befreiten? Ich weiß es nicht, nach Kriegsende kehrte er jedenfalls nach Mali zurück, mit dem Soldatenhelm als einzigem Lohn für seine Dienste. 1944 entging er dem Los seiner Waffenbrüder, die im Lager von Thiaroye, am Stadtrand von Dakar im Senegal, von französischen Militärs erschossen wurden. Ihre

Leichen wurden in Massengräbern verscharrt. Diese Leute waren so vermessen gewesen, eine Bezahlung dafür zu verlangen, dass sie ihr Leben in einem Krieg riskiert hatten, der nicht der ihre war. Der geplante Mord an ihnen wurde als bewaffnete Rebellion hingestellt, um das Massaker zu rechtfertigen. Die Zahl der Opfer variiert, je nach dem, wer sie zählt, zwischen 35 und 70 nach französischen Militärangaben, zwischen 300 und 400 nach der Historikerin Armelle Mabon.

Doch zurück zu deiner väterlichen Familie. Im Jahr 1943 trennen sich Camille und Benvenida aus Gründen, die nur sie betreffen. Dein Großvater Jean-Claude wird von seiner Mutter aufgezogen. Sie arbeitet zeitweise als Platzanweiserin am Theater Louis Jouvet und später als Kellnerin an der Pariser Oper. Jean-Claude war ein glänzender Schüler. Als er heranwuchs, musste er aber beinahe die Schule abbrechen, weil das Geld fehlte und er nun selbst verdienen konnte. Als der Druckereibesitzer, der ihn in die Lehre nehmen sollte, sein Zeugnis sah, stellte er sich auf die Seite des Sohnes und bat die Mutter Benvenida, ihn die Schule fortsetzen zu lassen: „Halten Sie noch sechs Monate durch! Wenn sich Ihre Situation dann nicht gebessert hat, nehme ich ihn.“ Gute Entscheidung! Dein Großvater ging an die Universität und verteidigte am 24. Juni 1967 seine Doktorarbeit über „Rough-Antigene bei Enterobakterien, ihre Isolierung, chemische Zusammensetzung, toxischen und immunologischen Eigenschaften." Als Doktor der Naturwissenschaften wurde er Forscher am renommierten Institut Pasteur. In den 1960er Jahren war Jean-Claude Chermann einer der Ersten in Frankreich, die über Retroviren forschten. In seinem Labor wurde das Aids-Virus isoliert. Jean-Claude Chermann war im übrigen ein Vorreiter in der Behandlung von Retroviren, zu denen das HIV-Virus gehört. Er hatte als Erster einen anti-retroviralen Stoff namens HPA-23 getestet, den er zusammen mit Chemikern entwickelte, bevor das AIDS-Virus überhaupt auftrat. Der sogenannte ELISA-Test zur Überprüfung von Immunreaktionen, etwa zum Nachweis der Bildung von Antikörpern im Falle einer Infektion, wurde ebenfalls in Chermanns Labor entwickelt, zum großen Missfallen amerikanischer Forscher, die in Konkurrenz mit dem Institut Pasteur gleichzeitig daran arbeiteten. Dein Großvater schied türenknallend aus dem Institut aus, als die Politik seine Arbeitsgruppe drängte, die Ehre dieser Entdeckung mit den Amerikanern zu teilen. Ein Schritt, der ihn vermutlich den Nobelpreis gekostet hat, der Preis wurde mehrere Jahrzehnte später seinem Schüler und dem Laborleiter zuerkannt, der hauptsächlich an administrativen Aufgaben gearbeitet hatte.

Danielle Chermann, Jean-Claudes Frau, die aus einer Familie von Eisenbahnern stammt, ist ebenso brillant: als junge Frau studierte sie Biologie und erwarb ein Diplom. In vielen Punkten ähnelt sie Massiré Dansira. Sie ist aufrecht, unbeugsam, intelligent und hält auf Ordnung und Disziplin. Außerdem ist sie opferbereit. Nach der Geburt deines Vaters unterbrach Danielle ihre Promotion. Sie musste Geld verdienen, während dein Großvater weiter studierte. Später unterrichtete sie an der Universität und an einem hochangesehenen Lycée in Versailles. Bei der Geburt des zweiten Kindes hörte sie ganz auf zu arbeiten, um sich dem Haus und ihren Männern zu widmen.

Diese Männer unterstützt sie, so gut es in ihrer Macht steht, und umgibt sie mit einer bedingungslosen Liebe. Deine Großmutter ist ihnen stets zur Seite gestanden. Sie liebt ihren Ehemann. Und ebenso wie Massiré Dansira liebt sie ihre beiden Kinder. Zwischen ihr und mir bestand eine stille Übereinkunft. Eine Art Nichtangriffspakt, bei dem jede auf ihrem Platz blieb. Wenn ich mit deinem Vater zu Besuch kam, beteiligte ich mich an der Hausarbeit, damit wir ihr keine zusätzliche Arbeit verursachten. Das hatte mich Massiré Dansira gelehrt. Deine Großmutter besitzt eine weitere, schätzenswerte Eigenschaft: Sie hält mit ihrer Meinung nicht hinter dem Berg, das mag ich an Menschen, die mir begegnen. Sie sagt, was sie denkt. Bei ihr weiß man wenigstens, woran man ist. Ihre Worte konnten manchmal scharf sein, aber ich war bei Massiré Dansira in eine gute Schule gegangen.

Neuerdings habe ich für mich das Apnoe-Training entdeckt, bei dem man möglichst lange die Luft anhält, und ich erfinde die Regeln je nach den Umständen neu. Während ich diese Zeilen schreibe, übe ich, möglichst wenig Luft zu verbrauchen, ohne dass mein Körper leidet. So wird mir bewusst, warum wir manchmal schweigen, plötzlich in Wut geraten und auch, wie wir unser Leiden in souveräner Einsamkeit tragen. Denn wenn uns eigentlich die Worte fehlen, wir aber dennoch riskieren, etwas zu sagen, führt dies zu neuem Schweigen, zu neuer Wut. Und zu Leiden, immer wieder. Die Erfahrungen des Einzelnen gehen häufig über jedes Verständnis hinaus. Wir haben jeder von einem Tag zum nächsten gelebt, weil es sein musste und Schluss! Wir haben all unsere Kräfte für die Gegenwart eingesetzt. Jetzt verstehe ich, warum Massiré Dansira ungeduldig reagierte, wenn ich sie mit Fragen zur Vergangenheit überhäufte. Ich wollte alles wissen und sie wehrte ab: „Was willst du schon wieder?“ Ich zwang sie zur Rückkehr in den langen Tunnel, den sie nie wirklich verlassen hatte. Sie konnte nie sicher sein, was die Vergangenheit bei ihr auslösen würde. Es war besser, gegen die aktuellen Dämonen anzugehen, von Tag zu Tag.

Der Schmerz des Tages genügt. Ich begreife nun das Schweigen deines Großvaters besser, wenn er deinem Vater die Antwort verweigerte: „Du gehst mir auf die Nerven!“ Die Vergangenheit war nur Chaos und Zerstörung. Jean-Claude Chermann stand mitten im Leben, warum sollte er sich mit der Vergangenheit belasten? Aus ihr ließ sich keine Kraft schöpfen. Ich verstehe nun besser, warum mein Bruder nicht reden wollte, wenn ich ihn ausfragte. „Das verstehst du nicht!“ Er hatte recht, er war nicht ich. Wie konnte ich seine Situation eines Schwarzen Mannes in Frankreich verstehen? Wir schlugen uns alle mit unseren Gespenstern herum und keiner verstand den anderen. Daher schwiegen wir alle.

Bis ich diese Übereinkunft brach. Vielleicht hatte Massiré Dansira recht und wir können unserem Schicksal einfach nicht entkommen. Schon als Kind redete ich pausenlos und war kaum zum Schweigen zu bringen. Ich wollte alles wissen und dadurch verstehen, was uns zugestoßen war. Dem Chaos einen Sinn geben, schlussendlich um die Toten zu würdigen, ich wollte ihre Namen im Gedächtnis der Lebenden bewahren. Du wirst bemerken, dass ich stets den vollen Namen hinschreibe: Die Nennung von Vor- und Familiennamen bezeugt sie als einzigartige Menschen in ihrer Ahnenfolge und in ihrer Geschichte.

Es bestätigt ihre Existenz. Ich schreibe in ihrer aller Namen. Unsere Schmerzen sind nicht nutzlos, unsere Opfer sind nicht vergeblich. Eines Tages wirst auch du diese Erzählungen über die Deinen weitergeben. In dem vielfältigen Material dieses Buchs ist so ziemlich alles versammelt, was ich über deine Vorfahren und ihre Geschichte weiß. Nutze es, wie du es brauchst! Ich breche ein weiteres Mal das Schweigen, das sie umgibt wie ein Fluch. Man kann nicht ständig gegen die Gespenster der Verstorbenen kämpfen. Die Toten dürfen nicht länger die Lebenden heimsuchen. Schreiben ist wahrscheinlich die Art und Weise, mit der man die Gespenster in einer friedlichen Koexistenz bezähmt. Mit zunehmendem Alter gewinne ich dem Schweigen immer mehr ab. Und dem Nichtstun. Ich widersetze mich dem Höllentempo dieser Gesellschaft, wo jeder Einzelne pausenlos mehr produzieren muss. Ständig auf Trab. Ich bin auch immer wieder plötzlich geistesabwesend. Du sollst wissen, es hat nichts mit dir zu tun. Du kannst nichts dafür! Ebenso ist es mit meinem großen Schlafbedürfnis. Auch daran trägst du keine Schuld! Ich brauche den Schlaf dringend, um mir eine Pause zu gönnen und um für eine Weile meine Unruhe abzustellen. Auch hier ist das Nicht-Wissen-Wollen und das Vermeiden der Auseinandersetzung mit sich selbst wahrscheinlich der Grund. Du ersparst dir zusätzliche Kämpfe. Der Schmerz des Tages genügt. Wahrscheinlich wollte mich Massiré Dansira genau davor bewahren. Die Cité-Gestalten mit ihren von der Droge zerstörten Körpern hatten dies wohl ebenfalls begriffen. Ihnen war klar, dass diese Welt nicht für sie eingerichtet war, daher versuchten sie, ihr wenigstens kurzfristig zu entfliehen.

Zwischen deinem Vater und mir gab es zunächst ein Buch. Damit hat unsere Geschichte begonnen. Um genau zu sein, unser erstes Gespräch drehte sich um ein Buch. Eigentlich war dieses Gespräch ziemlich einseitig. Er redete voll Begeisterung darüber, wie sehr er den Roman liebte, den ich gerade las. Er nahm ihn mir aus der Hand. Ruhig Blut! Ich nahm mir Zeit, bevor ich den Kopf hob, um den Unverschämten anzusehen. Er redete immer noch, als ob nichts wäre. „Das ist unglaublich! Wissen Sie, dass *Kaltblütig* eines meiner Lieblingsbücher ist? Es liegt auf meinem Nachttisch. Ich besitze die französische Erstausgabe. Ein Meisterwerk! Kennen Sie Truman Capote?" Er fand kein Ende. „Ich hätte nie gedacht, dass eine Boxerin liest!" Ich erwiderte: „Es gibt immer was zu entdecken!" Im selben Augenblick sah ich, dass er unter dem Arztkittel nichts anhatte. Geschmacklos. Er war ein Neurologe und auf Sporttraumata spezialisiert, mein Anwalt hatte mich zu ihm geschickt. Ich hatte gerade eine schwere Verletzung überwunden und eine lange Reha hinter mir, mehrere Halswirbel waren gebrochen und die folgende Operation hatte

Komplikationen nach sich gezogen. Mir kam es nur darauf an, wieder in den Boxring steigen zu können. „Das wird nicht möglich sein!“ So endete der Besuch beim Spezialisten für mich mit einer kalten Dusche, die mir dein Vater verabreichte.

Das passende Wort für unsere erste Begegnung ist Desinteresse. Von meiner Seite muss ich einen Funken Neugierde zugeben. Aber dein Vater ist nicht mein Typ: Der Altersunterschied spricht gegen ihn, er ist ein bisschen arrogant und ich halte ihn für einen Charmeur. Unsere Welten liegen zu weit auseinander. Er ist ein Bourgeois und ich komme aus der Unterschicht; er trägt Mokassins, ich ausschließlich Air Max 1; er ist extrovertiert, ich bin sehr zurückhaltend. Außerdem ist es nicht der richtige Moment! Die Männer haben die schlechte Angewohnheit, einem das Leben noch schwerer zu machen, als es ohnehin ist. (Über diesen Satz können wir gerne einmal länger sprechen.) Es vergingen fast zwei Jahre, bis wir eine echte Beziehung anfingen. Vor deiner Geburt lebten wir weiterhin in getrennten Wohnungen und auch danach hielten wir uns als Paar mehr oder weniger weiter an dieses Muster. Wir waren beide zu unabhängig! Dennoch hatten wir eine gute Beziehung! Wir sind gemeinsam gewachsen und haben uns beide weiterentwickelt, um dann wieder eigene Wege zu gehen.

Dein Vater kümmerte sich um seine Familiengeschichte, während ich meiner eigenen nachforschte. Er konnte noch nie maßhalten, bei ihm gilt immer: Alles oder nichts! Seine Nachforschungen wurden geradezu obsessiv. Er untersuchte fieberhaft und pausenlos jede kleine Lücke in seinem Stammbaum und in seinem Anteil an der jüdischen Identität. Bis dahin waren unsere jeweiligen Geschichten im Hintergrund geblieben. Die Gegenwart hatte ihr Recht eingefordert. Aber das ist nicht von Bedeutung! Denn du bist da, mein Schatz!

Wenn ich ganz ehrlich bin, hat mich außerdem die Unbeschwertheit deines Vaters am Ende zur Verzweiflung gebracht. Er bewegte sich so leichtfüßig in dieser Welt, die auf ihn zugeschnitten war, während ich ständig auf der Hut sein musste. Seine Fähigkeit, alles unbeteiligt zu betrachten, war ein Ausgleich zu meinem Ernst, aber mit den Jahren störte es mich. Er sah gar nicht, oder gab vor, nicht zu sehen, in welche Situation mich unsere ungleiche Verbindung brachte. Unsere Bekannten zeigten kein Interesse an meiner Persönlichkeit. Für sie war ich die schöne Schwarze Frau mit dem tragischen Schicksal, die ihren schwierigen Verhältnissen entkam, indem sie sich mit einem weißen Bourgeois zusammentat. Dein Vater fühlte sich sehr komisch, als er eines Tages eine Einladung für Monsieur Cissoko erhielt … Dieser Anzug war mir zu eng. Dass ich ihn tragen musste, ist einer der

Gründe für unsere Trennung. Sie war notwendig, damit ich wieder ich selbst sein konnte, wieder zu einer Freiheit fand, die mir das Recht aufgibt, nur an mich und für mich zu denken, indem das „Ich“ wieder übernimmt.

„Die Welt ist alt, aber die Zukunft entsteht aus der Vergangenheit“, sagt ein Mandingue-Sprichwort: (Dein Großvater Sagui Cissoko war Mandingue. Die Mandingue, auch Malinke genannt, sind eine Ethnie in Mali, wie die Bambara, Soninke, Peuls etc.) Jeder muss unbedingt die eigene Geschichte kennen. Die Menschen schöpfen daraus ihre Kraft, damit alle Menschen Menschen bleiben. Unsere Schmerzen sind nicht nutzlos, unsere Opfer sind nicht vergeblich. Die Vergangenheit steht uns nicht mehr zur Verfügung, wir können sie nicht ändern oder korrigieren. Aber wir haben die Pflicht, aus ihr zu lernen, um die Fehler, die gemacht wurden, zu vermeiden und gemeinsam unsere Zukunft aufzubauen. Das Erbe der Verstorbenen und die Stimmen der Überlebenden müssen Gehör finden. Massiré Dansira sagte oft: „Die Welt wurde nicht an einem Tag erschaffen.“ Ein Kind zu erziehen ist keine leichte Aufgabe. Meine Pflicht der Tradierung erfordert eine langfristige, ausdauernde Anstrengung, mit der ich früh beginnen musste: „Wenn das Kind groß ist, ist es zu spät!“, sagte deine Großmutter. Neulich fandst du mich zu streng. Kurz darauf war ich die liebste Mutter der

Welt. Die richtige Balance zu finden, ist schwierig! Es gehört zu meiner Rolle, dich zu wappnen, damit du mich später nicht mehr brauchst, damit du selbst entscheiden und einmal deine eigene Geschichte schreiben kannst. Du wirst dein Lager wählen müssen und ich hoffe von ganzem Herzen, dass du für die Seite des Lebens und für die Leute Partei ergreifen wirst, die dafür kämpfen, dass alle Menschen Menschen bleiben. Einige führen diesen Kampf während ich diesen Text schreibe. Die Kämpfe, um dieses Ziel zu erreichen, werden noch ihre Zeit brauchen. Den Sieg erringt man nicht an einem Tag. Wenn du zu dieser Gruppe stößt, darfst du nicht vergessen, dass die vergangenen Opfer Veränderungen zum Besseren bringen müssen. Es kommt auch die Zeit, wo du mir nicht mehr so viel Zeit widmen wirst, das ist die normale Ordnung der Dinge. Ich weiß, dass du mir nie ganz gehören wirst. Das habe ich, ebenso wie meine Mutter, sehr früh begriffen.

Meine akademischen und kulturellen Ressourcen ersparen mir viele Schwierigkeiten, die meine Mutter zu überwinden hatte. Meine Lebensbedingungen sind nicht mehr die meiner Kindheit. Ich führe ein angenehmes Leben. Auch dir fehlt es an nichts, vor allem materiell. Die Stunde kommt früh genug, wo du uns, deinem Vater und mir, vorwerfen wirst, wir hätten nicht genug getan, auch das gehört in die normale Ordnung der Dinge. Dein Leben ist nicht meines. Zum Glück! Alles andere wäre unerträglich für mich. Aber du sollst wissen, dass deine Klassenzugehörigkeit dich nicht vor Rassismus schützt. Ebenso wie mein sozialer Aufstieg mich nicht vor Rassismus bewahrt. Eine Zeitlang habe ich ihn als Spiel genossen, mich daran festgehalten, um weiter zu kommen. Damit die vielen Anstrengungen und die Demütigungen nicht umsonst waren. Die Realität ist jedoch hartleibig und bringt sich brutal in Erinnerung, ohne Vorwarnung, in harmlosen alltäglichen Situationen. Ein eigentlich bedeutendes kulturelles Kapital zu besitzen, bewahrt einen nicht vor rassistischen Stereotypen. Sehr witzig, wenn ein Elternteil aus deiner Schule mich kontaktiert, um zu fragen, ob ich nicht eine Djembe übrig habe. Die Weiße Bourgeoisie mag die dunkleren Hauttönungen nicht. Sie bleibt lieber unter sich. Da werde ich von einer Dame angeraunzt, während ich an der Tür zu meinem Gebäude den Code eingebe: „Wohnen Sie hier? Ich habe Sie noch nie gesehen!" Ich strafe sie mit Schweigen und verschwinde in der Eingangshalle. Seit Jahren wohnen wir im selben Haus mit Eigentumswohnungen, sie im Nebengebäude ... Die Weiße Bourgeoisie meint, den guten Geschmack gepachtet zu haben. Während ich im Warteraum eines medizinischen Labors sitze, bin ich in einen Roman von Stefan Zweig vertieft, da unterbricht die Dame neben mir, die nicht mehr an sich halten kann, meine Lektüre: „Sowas lesen Sie?"

Die weiße Bourgeoisie kann sehr streitlustig sein. Ich setze mich in der Metro neben einen Mann. Er gibt mir ständig kleine Stöße mit dem Ellbogen, damit ich den Platz wechsle oder die Ruhe verliere. Wenn ich mich aufrege, das weiß ich aus Erfahrung, folgt darauf nur: „Sie sind doch alle gleich!" Ich neutralisiere den Aggressor, indem ich seinen anstößigen Arm blockiere und es macht mir Spaß, meinen Ellbogen fest in seine Rippen zu drücken, während ich mit einem Lächeln geradeaus kucke. Er wirft mir: „Dreckige Negerin!" hin und steigt aus. Darauf ich: „Die Negerin ist stolz es zu sein und Sie können mich mal. Schönen Tag noch!"

Der Rassismus von Einzelnen trifft mich zuweilen, aber er verletzt mich nicht mehr. Der heimtückische Rassismus, der von Institutionen und ihren Vertretern ausgeht, bereitet mir bedeutend mehr Schwierigkeiten. Er ist weniger offensichtlich. Und er erfasst einen selbst. Ich schämte mich häufig wegen Massiré Dansira und setzte mich ab, damit wir nicht zusammen gesehen wurden. Doch heute scheint mich das gleiche Schicksal zu treffen. Jetzt willst du mich loswerden, sobald wir uns der Schule nähern. Mit einem kurzen Abschied wie: „Bis später, Mama!" Zu alledem greift auch noch die Lehrerin meine Autorität an: „In der Schule hat man uns das so beigebracht!" Ich spitze die Ohren auf Anzeichen einer ähnlichen Rebellion des Nachwuchses bei anderen Eltern: Bin ich die Einzige, der es so geht? Offenbar nicht. Ich bin beruhigt. Aber Ruhepausen währen nicht lang! Ich entwickle Strategien, um mich nicht mit den Institutionen abgeben zu müssen. Soll dein Vater doch die Termine übernehmen. Sein Wort hat wahrscheinlich mehr Gewicht. Auf ihn wird man hören. Ich ziehe mich einstweilen zurück, nachdem ein Gesprächspartner mich sehr langsam und die einzelnen Silben betonend angesprochen hatte, als würde ich kein Französisch verstehen. Anscheinend werden die Blätter mit persönlichen Angaben, die wir zu Beginn jedes Schuljahrs ausfüllen, nicht gelesen. Die Demütigungen finden kein Ende. Früher Massiré Dansira, heute ich. Der Status quo, unverändert.

Die Klasse löscht die Rasse nicht aus. Inzwischen benutze ich den Namen deines Vaters für Reservierungen oder wenn ich auf einer privaten Plattform etwas bestelle. Diese Vermeidungsstrategien brauche ich für meine psychische Gesundheit. Man kann unmöglich immer an der Front stehen, ohne irgendwann erschöpft zu sein. Gleichmut ist eine unverzichtbare Gabe, um sich und die Situation im Griff zu behalten. Bei allen Schwarzen gilt eine allzu lebhafte Gefühlsäußerung als typisch und wird gegen sie verwendet. Wir sind angeblich aufbrausend, ganz im Gegensatz zu den Anderen. Sie denken nach und sind fähig, zu überlegen und ihre Ideen zu formulieren. Die Form ist immer wichtiger als der Inhalt. Die zivilisatorische Mission der Weißen hört nie auf. Oben spricht mit Unten. Wir sind und bleiben Kinder, ihre Kinder. Dies ist der Grund, warum es manchmal so wichtig ist, dass wir Menschen mit Rassenzuschreibungen unter uns bleiben. Dass wir Räume haben, wo wir uns schnell verständigen, wo wir uns ohne viele Worte alles sagen können. Wo unsere Aussagen nicht ständig hinterfragt werden („Du übertreibst!" „Aber das hat er oder sie doch nicht so gemeint!" „Du bist überempfindlich!" „Das war doch nur ein Witz!") Wir tauschen uns über unser Erleben aus und unsere Realitäten sind nicht mehr getrennt: „Ach, du auch!" Es beruhigt uns! Endlich können wir durchatmen, sogar darüber lachen! Wir sind nicht verrückt! Wir müssen nicht mehr an unserem Verstand zweifeln! Es beginnt ein Bewusstseinsprozess.

Es stimmt, Frankreich ist nicht die USA! Aber Amerika kommt Frankreich gelegen, um sich nicht der eigenen Geschichte stellen zu müssen. Sobald es in Frankreich um Rassismus geht, hält man uns das weiße Amerika vor, als ob die ersten Kolonisatoren nicht aus Europa gekommen wären. Die Geschichte der Gewalt, die dort ausgeübt wird, begann mit der Ausrottung der Bevölkerung eines bereits besiedelten Territoriums, das man eroberte, um sich neue wirtschaftliche Möglichkeiten zu erschließen. Die Sklaverei ist die logische Folge. Frankreich ist nicht die USA, aber von hier ging der Sklavenhandel aus.

Ludwig XIII genehmigte 1642 offiziell die Sklaverei. Unser Land hat 1,5–2 Millionen Afrikaner auf die Antillen deportiert (nach Martinique, Guadeloupe und auf den von Frankreich besiedelten Teil von Santo Domingo, das heutige Haiti), außerdem nach Louisiana, Guyana, auf die Île Bourbon (Réunion) sowie die Île de France (Mauritius), und zwar bis zur endgültigen Abschaffung der Sklaverei im Jahr 1848. Mit dem Code noir, von Colbert Vater und Sohn verfasst und von Ludwig XIV im Jahr 1648 zum Gesetz gemacht, sollten die Bedingungen der Gefangenschaft und Ausbeutung der Sklaven durch ihre Herren geregelt werden. Dieses Dokument war in ganz Europa die Referenz für die Entwicklung und den Ausbau des Dreieckshandels mit Sklaven. Frankreich ist nicht die USA! Aber auf die Sklaverei folgte die Kolonisation und bei ihr übernahm Frankreich das Ruder. 1884 findet die Berliner Konferenz mit Frankreich und dreizehn weiteren europäischen Nationen statt, ihr Ziel ist die friedliche Aufteilung Afrikas unter den verschiedenen Kolonialmächten. Die Völker und Staatenlenker der betroffenen Territorien Afrikas sind selbstverständlich von der Teilnahme an den Diskussionen ausgeschlossen. Frankreich ist nicht die USA! Aber Frankreich war beim Rassendenken federführend. Das Prinzip der biologischen Rassen wurde im 19. Jahrhundert von dem französischen Diplomaten und Politiker Arthur de Gobineau in seinem Essay *Von der Ungleichheit der Menschenrassen* beschrieben. Er vertritt die Überlegenheit der weißen Rasse, die daraufhin als Argument für die zivilisatorische Mission Frankreichs im Rahmen der kolonialen Expansion herangezogen wird. Die politischen Institutionen des Landes sind seither stets darauf ausgerichtet, dass ein Wirtschaftssystem aufrechterhalten wird, das zum großen Teil auf der Ausbeutung von *nicht-weißen* Körpern beruht …

Die Rassenerfahrung der Schwarzen ist auf beiden Seiten des Atlantiks ähnlich. Wir sind eine Gemeinschaft von Individuen, die gegen ihren Willen den rassistischen Mechanismen unserer Gesellschaften ausgesetzt sind, die Armut, Gewalt, soziale und ökonomische Ausgrenzung, Gefängnishaft und frühen Tod nach sich ziehen. In dem Buch zum Dokumentarfilm *I am not your negro* von Raoul Peck gibt es ein Zitat von James Baldwin:

„All of the Western nations have been caught in a lie,
the lie of their pretended humanism;
this means that their history has no moral justification
and that the West has no moral authority…

‚Vile as I am', states one of the caracters
in Dostojevsky's The Idiot,
‚I don't believe in the wagons that bring bread
to humanity. For the wagons that bring bread to

humanity … may coldly exclude a considerable
part of humanity from enjoying what is brought.' …

For a very long time, America prospered:
this prosperity cost millions of people their lives.
Now, not even the people who are the most spectacular
recipients of the benefits of this
prosperity are able to endure these benefits:
they can neither understand them
nor do without them.
Above all, they cannot imagine the price paid
by their victims, or subjects, for this way of life,
and so they cannot afford to know
why the victims are revolting."

Alle westlichen Nationen leben mit einer Lüge,
der Lüge ihrer vermeintlichen Menschlichkeit.
Das heißt, dass ihre Geschichte keine moralische Rechtfertigung hat
und daher auch der ganze Westen keine moralische Autorität besitzt. …
„Ich aber, der abscheuliche Lebedjew", spricht eine Figur in Dostojewskis
Roman Der Idiot, *„traue nicht den Wagen, die der Menschheit Brot bringen!*
Alldieweil die Wagen, die der Menschheit zuhauf Brot bringen, ohne sittliche

Grundsätze imstande sind, einem bedeutenden Teil
der Menschheit den Genuß
des Gebrachten kaltblütig vorzuenthalten ...“[15]
Sehr lange Zeit prosperierte Amerika,
diesen Wohlstand bezahlten Millionen von Menschen
mit ihrem Leben.
Nicht einmal die Leute, die diesen Wohlstand so offenkundig genießen,
sind in der Lage, diese Vorzüge auszuhalten:
Sie können sie weder verstehen
noch ohne sie leben.
Vor allem aber können sie sich nicht vorstellen,
welchen Preis ihre Opfer oder Untertanen für diesen Lebensstil
bezahlen müssen, deshalb können sie es sich nicht eingestehen,
warum die Opfer revoltieren.“[16]

15 Fjodor Dostojewskij, *Der Idiot,* Üb. Swetlana Geier, Frankfurt (Fischer) 2001, S. 544

16 James Baldwin/Raoul Peck: *I am not your negro*. London (Penguin) 2017, S. 90; Übersetzung nach dem englischen Originaltext Beate Thill.

Die Unbeschwertheit ist das Privileg der Weißen. Zumeist drückt sich ihr Rassismus aus, ohne dass es ihnen bewusst ist: Sie wissen nicht, dass sie rassistisch sind! Viele wehren sich heftig dagegen, dass ihre Aussage oder ihre Haltung rassistisch sein könnte. Es gibt eigentlich genügend pädagogische Ressourcen, wenn einer sich informieren will. Doch die Opfer sind weiterhin gezwungen, die Weißen aufzuklären, ohne dabei zu sehr an ihre Gewissheiten zu rühren. Die Weißen sind empfindlich und fühlen sich schnell angegriffen, wenn sie auf ihre Widersprüche oder auf Fakten gestoßen werden, die diese Gewissheiten erschüttern. Der Weiße gerät ins Stottern, aber er gibt nicht auf. Die Welt ist so schön, alle sind so nett … Wenn er nicht weiter weiß, wehrt er sich: Für die Vergangenheit ist er schließlich nicht verantwortlich. Egal, dass das Gestern das Heute bestimmt und dass wir immer noch unter den Folgen leiden. Da ihm die Argumente ausgehen, bemüht er das Pathos. Er fühlt sich beleidigt, in seiner Ehre gekränkt. Er ein Rassist? Eine Frechheit! In einer unglaublichen Umkehrung der realen Verhältnisse ist er jetzt das Opfer. Er kann kein Rassist sein, er hat einen Schwarzen oder Araber zum Freund! Das Banner der Immunität wird geschwungen und damit kurzerhand jede begründete Kritik weggewischt. Der verlogene Rassist hat ein ganzes Arsenal zu seiner Verteidigung angehäuft, um das Opfer, das immer noch nicht schweigt, zu disqualifizieren. Er lenkt ab, indem er sich auf ein niedriges Gesprächsniveau begibt oder das Opfer angreift: „Woanders ist es noch schlimmer!“ „Ihr geht es doch gut!“ „Sie soll froh sein, dass sie in Frankreich lebt!“ „Dieses Land ist doch eine Chance!“ Um die Vorwürfe abzuwehren, führt er den Rassismus gegen Weiße ins Feld und beschuldigt das Opfer des Hasses auf die Franzosen. Der offene Rassist hingegen verbietet dem Opfer, den Mund aufzumachen, oder fordert es schlicht auf, das Land zu verlassen. Die Meinungsfreiheit gerät an ihre Grenzen. „Wer Frankreich nicht liebt, kann gehen!“ Der rassistische Weiße sieht uns nicht als vollwertigen Teil des nationalen Gewebes. Sind wir etwa nur Flickenstücke, die irgendwann ausgewechselt werden können?

Jedenfalls muss sich das Opfer endlos die Reden der Weißen anhören und ihnen gleichzeitig versichern, dass sie zum Lager des Fortschritts gehören. Selbst die sogenannten Fortschrittlichen haben dieses Herrschaftsgebaren: Der Weiße will ständig zugleich Richter und Kläger sein. Unsere Geschichten werden von Männern und Frauen vertreten, die behaupten, an unserer Seite zu kämpfen. Ihre Haltung trägt jedoch dazu bei, dass wir weiterhin infantilisiert werden, unsichtbar bleiben und im Prekariat leben. Die Kämpfe um unsere Emanzipation sind ein neuer Markt, auf dem man monetäres und narzisstisches

Kapital erwerben kann. Die Unbeschwertheit und der Opportunismus der Weißen haben eine Kehrseite: Sie perpetuieren unsere Unterdrückung. Den Weißen sage ich: Seid echte Verbündete, aber lasst uns das alleine machen!

Wörter sind wichtig! Aber man muss sich vor denen hüten, die sie verdrehen oder ihres Sinnes entleeren, man muss sich vor denen hüten, die Worte manipulieren, indem sie sortieren, welche Begriffe man verwenden kann und welche aus der Diskussion zu verbannen sind. Von den Worten hängt alles ab: Sie bestimmen die Erzählung, indem sie diktieren, was die Bevölkerungsmehrheit wissen darf. Die Worte sind ein Instrument der Machtausübung, der Herrschaft, der Herabsetzung. Die Leute am Ruder beklagen sich, sie dürften nichts mehr sagen und prangern lauthals die Zensur an, der sie angeblich vor den Kameras und hinter den Mikrofonen ausgesetzt seien. Sie tun das mit dem richtigen Maß an Empörung, Angriffslust und/oder Larmoyanz. Das Gekungel unter Weißen ist bei diesen Fernsehrunden ohnehin ständig präsent, jetzt wird es gefeiert. Es gibt einen Wortschwall von sich, der mutig und vernünftig wirken soll: die Worte klingen gewählt, es wird der Form genügt, so bleibt er demagogische Inhalt verborgen.

Die „*ultracrépidariens*", auf deutsch „die Ultrakracher", ein Ausdruck für Leute, die zu jedem Thema lautstark ihre Meinung abgeben, halten sich

* Larmoyanz: Weinerlichkeit, übertriebene Selbstmitleidigkeit, Hang zum ständigen Klagen

für die einzigen, die noch Widerstand leisten. Sie vereinigen Eigenschaften auf sich, welche die französische Schriftstellerin und Filmemacherin Meme-Fatou Niang die „drei Grazien des Rassismus“ nennt: Ignoranz, Verleugnung und Arroganz, zu denen ich gern zwei weitere hinzufügen möchte: Opportunismus und Verachtung des politischen Gegners. Diese lauten Stimmen vertreten die kleine Gruppe an der Macht, nachdem sie sich auch noch die Medien angeeignet hat.[17] Zahlreiche verantwortungsvolle Journalisten wurden von den Bildschirmen und den Mikros vertrieben und durch Witzbolde oder demagogische Kommentatoren ersetzt, die für die Aufrechterhaltung des Status quo sorgen sollen. In Schlachtaufstellung verbreiten sie alle dieselbe Botschaft, damit am Ende eine Wahrheit daraus wird. In dieser Berichterstattung ist die Wahrheit eine Illusion. Dass die Hofnarren in den Medien so allgegenwärtig sind, verheißt nichts Gutes. Nicht unsere Worte sind hart, sondern das Leben, das uns aufgezwungen wird, ist

17 Gemeint ist hier der bretonische Industrielle Vincent Bolloré, der groß ins Mediengeschäft eingestiegen ist u. a. mit dem Fernsehsender BFMTV. Nach einem Artikel von Le Monde, hat Bolloré im Jahr 2021 „sein Medienimperioum eingesetzt, um Druck auf die Präsidentschaftswahlen auszuüben. In wenigen Monaten hatte der Milliardär einen reaktionäres Meinungsmonopol geschaffen und als seinen Star den Polemisten Eric Zemmour aufgebaut, der mit identitären, islamfeindlichen Obsessionen die öffentlichen Debatten beherrscht.“ Le Monde vom 16.11.2021; Anm. B. T.

hart. Wer es wagt, die herrschende Ordnung in Frage zu stellen oder anzugreifen, wird eines Verbrechens gegen die gute Gesinnung bezichtigt. Die Linke hat ihre Prinzipien aufgegeben, indem sie sich auf eine kurzfristig berechnende Politik festgelegt hat. Zwischen den beiden Hauptrichtungen der Politik in Frankreich besteht aber ein Unterschied. Die Linke geht davon aus, dass die Gesellschaft grundsätzlich ungerecht ist und dass der Staat eingreifen muss, um die Auswirkungen davon möglichst zu korrigieren. Die Rechte hingegen betrachtet Erfolg als Belohnung für individuelle Verdienste. Bei beiden ist eine Leitforderung dazu ausersehen, die politischen Entscheidungen zu bestimmen: Bei den einen ist dies der soziale Fortschritt für die Mehrheit der Bevölkerung, bei den anderen die Bewahrung der Privilegien für eine kleine Gruppe. Macrons Wahlspruch: „Weder links noch rechts!" ergibt daher keinen Sinn. Die linken wie die traditionell konservativen Parteien in Frankreich tragen zu dieser Verwirrung bei und sichern einer kleinen Gruppe den Machterhalt. Diese sogenannten „republikanischen" Parteien haben jüngst mit ständigen Übertreibungen in den Krisen der Demokratie, der Wirtschaft, der Pandemie und der Umwelt es tatsächlich geschafft, mehr Schaden anzurichten als die extreme Rechte. Noch nie haben so viele Menschen die Wahl boykottiert. Oben tut so, als ob es mit Unten spricht, aber die unten sind schon lange weg. „Bei dem allem kann nichts Gutes herauskommen!“, pflegte Massiré Dansira zu sagen.

Um von dem Fehlen eines politischen Programms oder, auf der anderen Seite, von der Umsetzung politischer Projekte abzulenken, die gegen die Interessen der Bevölkerung gerichtet sind, zeigt man auf Sündenböcke. Der Klassenkampf verschwindet! Weil wir die Geschichte der früheren Kämpfe vergessen haben. Der Rückzug aus der Gesellschaft ist weit fortgeschritten, weil wir uns nicht an die Opfer unserer Eltern erinnern. Die Toten sind nicht umsonst gestorben, ihre Opfer sind nicht vergeblich. Angesichts der Unzufriedenheit in der Bevölkerung wird derzeit ständig betont, dass die Weißen Vorrang haben und sie werden über ihre Sonderstellung beruhigt („Wir sind hier bei uns!“). Für Mißstände werden andere verantwortlich gemacht, das sind die bekannten Sündenböcke wie: die Ausländer, die Araber, die Muslime, die Freunde der Muslime, die „woken Islamisten-Links-Islamisten und Ethnisch-Identitären“, Antirassisten werden zu Rassisten gemacht, echte Laizisten beschuldigt man, dem Kommunitarismus den Weg zu ebnen, weitere Sündenböcke sind „die Gutmenschen“, die als Faschisten beschimpften Antifaschisten, die LGBTQA+, die Menschen mit Behinderung, die Frauen, die Studenten, die Armen, die Juden, die Bewohner der Banlieue, die Empfänger von Hilfsleistungen. Sie alle sind die Makel auf der neuen Welt,

„die nach vorne marschiert", nach dem Namen der Bewegung von Emmanuel Macron, *La République en marche.*

Wir sollen Frankreich bedingungslos, unverbrüchlich und blind lieben. Frankreich verlangt ständige Beweise für unsere angeblich gleichwertigen Beziehungen, leugnet aber zugleich die Folgen, die seine Kriegführung gegen unsere Leben hat. Wir sollen unter der Kontrolle und von der Gnade Frankreichs leben. Wir werden von Frankreich misshandelt und gleichzeitig lautstark beschuldigt, wir würden uns abwenden. Die ständig neuen Beteuerungen des nationalen Mythos sind nichts weiter als der Versuch, unsere Existenz wie auch den Beitrag zu leugnen, den wir geleistet haben, damit das Land seinen jetzigen Stand erreichen konnte. So wird eine Heilung versucht, ohne herauszufinden, woher die Krankheit kommt. Tatsachen, die geleugnet werden, bleiben dennoch bestehen. Auch wenn geleugnet wird, was wir erleben, existieren unsere Geschichten dennoch in der Realität. Wir wissen es. Und wir haben keine Furcht mehr.

Frankreich meint, wir seien Nichts und dem Land alles schuldig. In meiner Generation haben viele daran geglaubt, dass die Republik Verdienste belohnt, und haben sich angestrengt, um sie zu erlangen. Aber die Klasse löscht die Rasse nicht aus. Manche sind wegen dieser Umstände in andere Länder gegangen, wo sie sich besser entfalten können. Länder, die pragmatischer sind und gerne qualifizierte, an französischen Schulen ausgebildete Arbeitskräfte beschäftigen. Massiré Dansira hat sich geopfert, damit wir eine bessere Stellung erlangen: „Auch wir lieben unsere Kinder!", sagte sie dazu. Meine Mutter zählte nichts in der Hierarchie der Männer dieses Landes, aber ihr ist es gelungen, aus ihren Sprösslingen verantwortungsvolle Erwachsene zu machen. Es hat nur eine Generation gebraucht, dass ihre Kinder ein Diplom, einen Beruf, ein Dach über dem Kopf hatten und eine eigene Familie gründen, mithin ein normales Leben führen konnten. Eine echte Leistung, wenn man bedenkt, wie ihre Anfangssituation aussah. Es läuft aber nicht immer so gut, wenn die Letzten der Klasse vor die Ehrentafel treten und die Unverschämtheit besitzen, sich, als Gegenleistung für ihre Anstrengungen, für Berufe mit hohem Mehrwert zu bewerben. „Einen muss es geben. Es genügt, wenn Einer da ist. Erst wenn es viele sind, gibt es Probleme", hat Brice Hortefeux[18] einmal gesagt. Diese Leute haben nicht vor, die Macht zu teilen. Die Macht ist das Schutzrevier der kleinen Gruppe. Aber wir haben keine Furcht mehr. Wir haben keine Furcht, denn davon

18 Brice Hortefeux, geboren 1958, ist ein französischer Politiker der konservativen Rechten, der Sarkozy nahestand und unter seiner Regierung Ministerämter, u.a. für die Überseedepartemente, bekleidete. Anm. B.T.

hängt unser Leben ab, für uns ist es eine Frage auf Leben und Tod.

Wenn wir die Initiative ergreifen, uns nur mit unseresgleichen zu organisieren, um uns einmal vorübergehend aus dem Schraubstock der Herrschaft zu befreien, wirft man uns „Kommunitarismus" vor, oder „Separatismus". Doch eigentlich ist doch die kleine Gruppe an der Macht separatistisch! Die wenigen, die sich weiterhin schamlos bereichern, selbst während einer globalen Pandemie. Die Kosten an Menschenleben oder an der Umwelt bedeutet ihnen nichts, solange sie daran verdienen können. „Ein Land, wo das Individuum über dem Wohl der Gemeinschaft steht, kann nichts Gutes bringen", sagte meine Mutter. Bei diesem Spiel gewinnen die mit den wenigsten Skrupeln, aber wir scheitern alle gemeinsam. Massiré Dansira stimmte einer Lüge nie zu, auch wenn sie es sich dadurch mit einem Mitglied ihrer Familie verscherzte oder sonst den Kürzeren zog. Die Gemeinschaft kommt vor dem Individuum, Wahrhaftigkeit und Gleichbehandlung sind Fermente für ihr Gelingen. Wenn ich Dinge nicht rasch und pünktlich erledigte, sagte deine Großmutter zu mir: „Vor lauter in die Höhe pissen, wirst du am Ende selber nass!" Die Menschen haben vergessen, dass das Heute seinen Sinn aus dem bezieht, was davor war. Dass die Vergangenheit und die Gegenwart über die Zukunft bestimmen.

Der Preis, den wir bezahlen mussten, war früher zu hoch und er ist es noch heute. „Nach dem Tod sind sich alle einig!", sagte Massiré Dansira dazu. Zweifellos! Aber viele sind zu einem frühen Tod verurteilt. Vor dem Tod sind wir nicht gleich, wenn die einen sich in einem Leben abschuften, das von der Gnade der wenigen abhängt. Ihr ganzes Leben hat Massiré Dansira sich an den Traum von der Rückkehr in die Heimat geklammert. Frankreich war für sie nur eine längere Wartezeit, danach wollte sie nach Mali zu ihren Leuten zurückkehren, um endlich ihre wohlverdiente Ruhe zu genießen. Nichts davon! Der Tod hat gesiegt. Ich sah, wie sie sich erschöpfte, wie ihr Körper sich beugte, ihre Hände sich abnutzten, ihre Augen unter der Arbeitsbelastung trüb wurden. Dennoch kam es nicht in Frage, mit der Schufterei aufzuhören. „Wer macht es für uns?" Aber bevor sie der Tod hinraffte, war deine Großmutter voller Sorge. Sie sprach immer wieder davon, die französische Staatsbürgerschaft zu erwerben, das Stück Papier würde sie vor dem großen Unglück bewahren, das sie kommen sah. Massiré Dansira starb in Frankreich mit achtundfünfzig Jahren, wenn man das Geburtsdatum ihrer Aufenthaltserlaubnis zugrundelegt.

Die Wut ist berechtigt. Auch das Ressentiment. Aber Rache ist ausgeschlossen. Aus einer Konfrontation ginge keine Seite unbeschadet hervor. Weder die Henker noch die Opfer. Sieger wie Verlierer wären geschlagen. Dennoch können die Opfer nicht ewig Opfer bleiben. Wir alle zusammen sind die Erben der Taten aus unserer Vorgeschichte. Die Vergangenheit bestimmt unsere Gegenwart. Wir müssen mit der üblichen Erzählung brechen, um die Lebenden zu entschädigen und das Morgen besser in den Griff zu bekommen. Massiré Dansira war schnell klar, dass wir die Anderen nicht lieben müssen. Die Anderen sind nicht wir. Das gilt auch umgekehrt. Zwei Kinder können aus dem selben Mutterleib kommen, ohne dass sie etwas Gemeinsames haben, wie sie immer sagte. Aber wir leben zusammen, unsere Schicksale sind verbunden, ob wir wollen oder nicht. Der Erfolg der Einen kann nicht zu Lasten der Anderen gehen. Hier spreche ich wieder von Gleichheit. Von Anfang an ging es mir um Gleichheit und soziale Gerechtigkeit, selbst wenn die Brüderlichkeit fehlt.

Einiges habe ich bereits klargestellt. Du wirst mir nie ganz gehören, das ist mir sehr bewusst. Du wirst deine eigenen Entscheidungen treffen, das ist die normale Ordnung der Dinge. Du musst fähig werden, Nein zu sagen, und den Gehorsam zu verweigern, wenn du überzeugt bist, auf Seiten der Wahrheit zu stehen. Eines hätte ich fast vergessen! Das Kind von einem Weißen Vater und einer Schwarzen Mutter zu sein, verleiht dir keine Sonderstellung, und dass du da bist, bedeutet auch noch lange nicht, dass wir in einer post-rassischen Gesellschaft leben. Individuelle Entscheidungen untergraben noch nicht das Funktionieren jahrhundertelang etablierter Herrschaft. Dies ist einer der Gründe, warum ich dich, ohne viel darüber zu reden, wie ein französisches und wie ein Schwarzes Mädchen erziehe. Zuallererst bist du ein Kind. Du sollst das Privileg der Sorglosigkeit genießen, das zu der Kindheit gehört. In der Zukunft wirst du dann dem Weg der Erwachsenen folgen müssen.

Dein Lebensumfeld ist sehr bewusst gestaltet. Viele Dinge um dich herum bekunden deine Schwarze und malische Identität. Du wächst auf umgeben von

Fotos, die deine Ahnenreihe darstellen, von Puppen, die aussehen wie wir, du wirst mit unseren Liedern in den Schlaf gewiegt und liest unsere Erzählungen. Sollen dein Vater und die Außenwelt, die von Darstellungen der Weißen überbordet, für den Rest sorgen! Unseren Kindern fehlt die Unschuld: nur die Weißen haben das Privileg der Unbeschwertheit. Merk dir, dass es andere Lebenswege, andere Daseinsformen gibt, die genauso berechtigt sind. Worte haben nur eine Bedeutung, wenn man sie an der Realität misst. Du bist eine Französin und hast malische, spanische, schottische, osteuropäisch-jüdische Anteile, und das ist wunderbar! All das bist du, mein Schatz, meine geliebte Tochter. Dass du die Tochter eines Weißen Vaters und einer Schwarzen Mutter bist, wird manchmal unbequem sein und dir vermutlich von verschiedenen Seiten vorgehalten werden. Man braucht keine Hierarchien, aber andere werden sie trotzdem errichten. Du sollst heranwachsen und dir all diese Räume aneignen, damit du stark wirst. Nimm alles! Ich möchte, dass du in Sicherheit aufwächst, dass du dich frei bewegen kannst, wie es dir gefällt, dass du voll und ganz „Du“ sein darfst: Lass dich nicht vor eine Entscheidung stellen, ob du Schwarz oder Weiß sein willst. Mit dem berühmten Satz: „Vergiss nicht, du bist schwarz!“ wollte meine Mutter mich auch in die Wirklichkeit zurückholen, ich sollte die verschiedenen Schichten meiner Identität begreifen und aus allem zusammen meine Stärke beziehen. Der Zweibeiner hält sein Gleichgewicht, indem er auf beiden Beinen steht. Ich möchte, dass du auf deine Großmutter stolz bist. Massiré Dansira arbeitete als Schwarze Putzfrau, aber sie tat es mit hocherhobenem Kopf, damit es ihren Kindern einmal besser ginge. Wie deine Großmutter leisten auch heute noch viele hinter dem „Oui, Monsieur!“und „Oui, Madame!“ ihren Widerstand.

Wohlgemerkt, Massiré Dansira war sich ihres Wertes bewusst, trotz des Schicksals, das ihr Frankreich bereitete. Sie gehörte zu einem Volk, das aus dem *Danbé*, der Würde, seinen Kampf für das Leben gemacht hat. Deine Großmutter erwartete nichts von diesem Land, außer einen Lohn für ihre Arbeit, um für das aufzukommen, was sie brauchte, und dass es uns einmal besser ginge. Massiré Dansira wusste, dass sie jemand war. Sie war eine Bambara und ihre Leute hatten mehrere Jahrhunderte der Unterdrückung überlebt, ohne dass die Schergen ihre Menschlichkeit zerstören konnten. Sie ertrug die Gleichgültigkeit der Weißen, nicht aber ihre Respektlosigkeit. Deine Großmutter hatte verstanden, dass sie allein durch ihre Anwesenheit ihnen die Gelegenheit gab, sich überlegen zu fühlen. Massiré Dansira wusste, dass sie ein anständiger Mensch war und der Danbè ihr als imaginärer Talisman diente, wie ein Korsett, das ihr half, sich gerade zu halten. Du weißt jetzt, meine

Tochter, woher du kommst. Du bist unser Kind, das Kind deines Vaters und deiner Mutter und von allen, die uns vorausgegangen sind. Eine Identität, die sich von hier und von dort zusammensetzt, eine Geschichte Frankreichs.

Dieser Text ist ein Testament und ein Kompass, der dir helfen soll, stark zu sein. Ein Talisman, den du immer mit dir tragen, ständig als Schutz dabei haben sollst. Vergiss nie, du bist kein Kind von Nichts und Niemand: Du bist Nachfahrin der Bambarafürsten, der *Mansa Den*. Von Männern und Frauen, die das Schlimmste durchstehen mussten, sich aber ihre Würde bewahren und aus den Trümmern wieder etwas aufbauen konnten. Du musst auch neugierig sein und lernen, immer wieder lernen: die Suche nach Wissen endet nie. Nichts ist schlimmer als Unwissenheit! Unwissend zu sein heißt, sich ein paar wenigen auszuliefern, die dir deine Portion zuweisen und anschließend mit dir machen, was sie wollen. Es ist vor allem wichtig, dass alle Menschen Menschen bleiben! Du brauchst Überzeugungen und musst alles daran setzen, um sie zu verwirklichen. Habe Mut zu deinen Überzeugungen! Die Welt ist riesig und wurde nicht an einem Tag erschaffen: Es braucht Zeit, bis ein Sieg sich abzeichnet. Merke dir auch, dass deine Wut gesund ist, solange du sie zu etwas Gutem einsetzt.

Ich hätte noch so viel zu sagen … Noch ein Rat, er soll dich begleiten, Massiré Dansira hat ihn mir immer wiederholt: „Hab keine Angst! Keiner kann dich zu etwas zwingen, was nicht du bist!“ Wie meine Mutter zu ihrer Zeit, genüge ich meiner Pflicht der Tradierung, damit du ein anständiger Mensch wirst. Der Tod kündigt sich nicht immer an, er kann jederzeit eintreten. Noch ein letzter wichtiger Punkt: Möge Gott dir gute Menschen auf deinen Weg schicken. Begegnungen und andere Menschen können die Rettung sein. Viele von ihnen haben uns in unserer Menschlichkeit bestärkt. Du sagst häufig, ich rede zu viel, aber es ist gleich zu Ende! Mit *Danbé* und *Ma* stehen nun alle meine Bücher für dich bereit, damit du irgendwann deine eigene Geschichte schreiben kannst. Werde ein anständiger Mensch, meine einzige Tochter, mein geliebtes Kind, mein Schatz. Werde jemand! *N yé dugawu be i fɛ!* Meine Segnungen werden dich begleiten!

Aya Cissoko wurde 1978 in Frankreich geboren. Sie studierte Politikwissenschaft und wurde 2006 Amateur-Boxweltmeisterin. 2011 veröffentlichte sie (zusammen mit Marie Desplechin) ihr erstes Buch, *danbé*, das unter dem Titel Wohin ich gehe verfilmt wurde. 2016 erschien ihr zweites Buch, *n'ba*, 2017 in deutscher Übersetzung (*Ma*). Cissoko lebt als Schriftstellerin in Paris.

Beate Thill, geboren 1952 in Baden-Baden, ist literarische Übersetzerin aus dem Englischen und Französischen. Sie hat Dany Laferrière, Tchicaya U Tam'si, Édouard Glissant, Patrick Chamoiseau, Abdelwahab Meddeb und Assja Djebar übersetzt. 2014 erhielt sie den Internationalen Literaturpreis vom Haus der Kulturen der Welt in Berlin für ihre Übersetzung des Romans *Das Rätsel der Rückkehr* von Dany Laferrière.

Indra Wussow, Herausgeberin der Reihe AfrikAWunderhorn, studierte Literaturwissenschaft und lebt in Johannesburg/Südafrika sowie auf Sylt. Sie arbeitet als Autorin, literarische Übersetzerin und Kuratorin für verschiedene internationale Einrichtungen. Ein Schwerpunkt ihrer Arbeit liegt im Dialog zwischen Wissenschaft und Kunst. 2002 gründete sie die Kulturstiftung Sylt Foundation, die interdisziplinäre internationale Kulturprojekte entwickelt und durchführt.

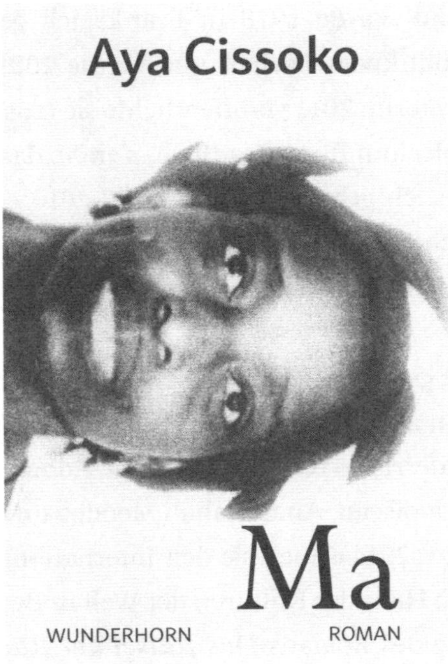

Roman, 180 Seiten, gebunden, 2017
ISBN: 978-3-88423-572-0 |

„Aya Cissoko schlägt viele Funken aus ihren beiden großen Themen zwischen ‚Mutter-Tochter' und ‚Spagat zwischen Afrika und Europa' – ihr Roman leistet einen bemerkenswerten Beitrag zu beiden Sujets."

SWR2, Gaby Mayr

WWW.WUNDERHORN.DE